译文纪实

いじめ自殺
12人の親の証言

鎌田慧

[日] 镰田慧 著　　　　　　　吴松梅 译

欺凌自杀

12 个孩子的父母的证言

上海译文出版社

目　录

前　言

　　欺凌自杀事件一旦发生，马上会引起媒体的大肆报道，但又会很快沉寂下来。这是因为有人"担心"对欺凌自杀的报道会诱发下次自杀。据文部科学省的统计，1999 至 2005 年，欺凌自杀的报道为零。这充分表明上述对报道的担心已然常态化。

　　"消除校园欺凌"的呼声湮没在"教育界"这一官僚制度中，他们抑制发声，即使存在校园欺凌也绝不承认。因为谁都不愿意承担责任。学校里，老师们也如缩头乌龟一般避之不及，谁都不想把自己牵扯进去。他们就像在等待冰雪融化一般，沉默不语地等待着欺凌问题自然消失。

　　然而，2006 年夏季至冬季，自杀的孩子们留下的控诉欺凌的遗书，一封又一封接连被发现，媒体也注意到欺凌自杀的悲剧仍在不断发生。于是，媒体再次热切关注这一问题，并通过系列连载等形式极力发声，呼吁孩子们"不要自杀""不要认输"。

　　传达这些呼声的报道虽不能说毫无用处，但确实对阻止造成孩子们自杀的元凶——校园欺凌行为——成效甚微，而且"不要自杀"的呼声，也颇有让孩子们一味忍耐之意，无法令其释然。之所以会产生这种想法，是因为我也曾经在报纸上发表过类似的文章。

2006年8月中旬，在爱媛县今治市的离岛上发生了一起惨案，一名初中一年级的男生在电线杆上上吊自杀了。被公开的遗书中写着以下内容。

"最近开始厌倦活着了。在班里总是不断有人骂我'穷光蛋''小偷'，这些辱骂一直在我耳边回响，每当那时我就会很伤心。这种日子已经持续了三年之久，我已经受不了了。那些家伙们每天都以嘲笑我为乐。因为以上这些事情，我决定死掉……"

从遗书中可以看出，这个孩子的性格有着超越一般初一学生的冷静沉稳。尽管如此，他最终却以一种孩子气的解决方式，冲动选择"因为以上这些事情"而结束自己的生命，而人们根本来不及阻止他。实在是遗憾至极。"穷光蛋""小偷"，愈演愈烈的辱骂持续了三年，男孩通过自杀对这种凌辱作出了无言的反抗，这令我心痛不已。这也是对男孩周围歧视贫穷的价值观发出的拷问。

同年10月，在福冈县筑前町，一名初中二年级的男生长期被同学辱骂"去死吧""真让人火大""讨人嫌""让人恶心""真碍眼滚一边儿去"等等。听到这些否定他存在价值的骂声，这名男生难以忍受，说出"真想死啊"一类的话语，然而据说同学听到他的话后更加过分，嚷着"你真想死的话就脱下裤子让我们看看"，并试图扒下他的裤子。

欺凌并不仅仅是对身体的暴力，集体进行语言暴力的情况也很多见。2005年4月，在山口县下关市，一名初中三年级的女生便因不堪忍受其他女生们的辱骂而自杀。

筑前町的那名初中二年级的学生留下遗书，自杀身亡。遗书中写道："都是因为受到欺凌，我是认真的。""我是认真的"这句话饱含着对周围同学的抗议，同学们听到他痛苦到想要自杀的悲鸣却表现冷漠，甚至嘲笑起哄道"撒谎""如果是真的就死给我们看啊"。

在他死后，调查发现，这个自杀的孩子初一时的班主任一直说他是"伪君子""骗子"。据说，当孩子的父母去追究责任时，班主任却回答说这个孩子"脾气好，容易开玩笑"。12 天后，在岐阜县瑞浪市，又有一名初二的女生也因不堪忍受篮球社团里同一级同学的欺凌而自杀身亡。

同样因在社团遭遇欺凌而自杀的案件，还发生在 2005 年 12 月。长野县立丸子实业高中的高一学生高山裕太，因在排球社团受到欺凌而自杀身亡。然而，长野县教育委员会的代理会长，却在县议会答辩时，毫无根据地声称"这不是因欺凌导致的事件"。我现在正在追踪采访这一事件，孩子母亲向当地教育委员会以及警察寻求帮助，却被当作"精神异常"处理。可以说在这些事件中，相关行政部门与学校都参与了欺凌。

这所以排球等体育项目闻名的体育名校，校方的处理方式颇为异常，他们以排球社团中参与欺凌的施暴方（高中生）的名义，与球队教练一起，对受害者的母亲提起诉讼，控告她侵害名誉。而这次事件发生前不久，在长野县还发生了一起初中生因在乒乓球社团遭到欺凌而自杀的事件，至今仍被掩盖。

尽管发生了如此多的欺凌事件，但实际上欺凌问题依旧毫无改观，教育委员会也好学校也罢，都不想承认悲剧是由欺凌引起的。

因为这关系到他们的业绩。而且，最近出现了通过手机以及电子邮件等实施欺凌的事件，更加不易被察觉。

1986年2月，在东京都，因为以"葬礼游戏"为名的欺凌行为，初中二年级学生鹿川裕史被逼自杀（详见本书第一章）。由于包括班主任在内的几名老师也参与其中，这次的欺凌事件令社会震惊。然而，这场惨剧刚被人们淡忘，在8年后的1994年11月，再次发生了类似事件。爱知县西尾市，初中二年级学生大河内清辉因欺凌自杀身亡。欺凌问题顽固存在于集体中，这一事态在社会上引起强烈反响。而时至今日，校方依旧不改旧态，逃避推脱责任，甚至否认发生过自杀事件。

已经有了如此多的牺牲与教训，本应至少能够摸索出解决欺凌问题的方向。然而，学校与相关行政部门在这一问题上的应对毫无进步，冥顽不化。

文部科学省以前对"校园欺凌"的定义是：

"对比自己弱小者单方面持续施加身体上、心理上的攻击，使对方感到强烈的痛苦。"

这一定义中的用语，反而被用作反击对欺凌进行控诉的工具，如抓住被害者的抵抗行为说事，用非"单方面"行为或非"持续"而是短期行为等做文章，甚至"强烈的"这一用语也容易被利用。旧定义受到诸多批判，进入2007年之后，文科省对"校园欺凌"作了重新定义，变更为：

"受到人际关系中的某人的心理上、物理上的攻击，致使精神感到痛苦。"

新的定义不再是用来否认校园欺凌的工具，扩大了定义的范围，使校园欺凌更容易被认定。但是，更为重要的是如何才能改变滋生校园欺凌的环境。

在今治市初中一年级男生自杀的案例中，该男生就是因为被同学嘲笑"穷光蛋""小偷"而选择了自杀身亡。这是一个贫困被歧视的时代，我们身处一个贫富差距扩大的社会。社会阶层分化与歧视越来越严重，这或许促进了暴力化时代的形成。有人无法获得稳定工作，即使工作也无法保障基本生活的人也越来越多。

提到欺凌，我联想到饲养着数万只鸡的巨大的鸡舍。养在里面的鸡终其一生都不曾下地，生活在狭小的笼中，拥挤不堪的鸡舍散发出臭味。与此相比，用于平地上放养方式的小型鸡舍则不会发臭，甚至有种淡淡的香味。这种环境中的鸡脾性温和，不容易神经质。同理，我们不仅应该给孩子们留下田园牧歌式的自然环境，也要思考如何给他们创造尊重人的社会环境，这才是解决校园欺凌问题的根本。

正如本书中所言，我四处走访自杀孩子的父母，是想了解那些受到欺凌的孩子的感受。因为被害者已经不在人世，我们无法直接去倾听他们的心声。但是，通过多次去拜访那些受害者的父母，聆听他们的悲叹，将孩子逼至自杀境地，或者说是未能尽到挽救他们生命责任的当代学校，以及残酷凉薄的孩子们的世界，逐渐浮现在眼前。

甚至于，这种将人欺凌至死的残酷，在事件之后还蔓延到受害者的父母，转变成区域对被害者家人的孤立问题。这简直超乎我们的想象。

"这次，被欺凌的是我们。"

"这次，我们被视为加害者。"

这是被害者的父母所承受的双重悲剧。

为什么孩子会受到欺凌？受到怎样的欺凌？他或她承受了怎样的痛苦？为什么会选择结束自己的生命？父母们真的没有注意到自己的子女遭遇着欺凌、没有察觉他们决定自杀吗？这些是有孩子的父母们共同的疑问。

自1994年年末，欺凌自杀事件开始增加。如前文所提及的，我受《朝日新闻》的委托，发表了一篇题为《孩子们啊，不要轻生》①的短文。然而，文章发表后欺凌自杀事件依旧不减，在感到无力的同时，我也深感肩负的责任。我想，"不要轻生"这句话没有传达出真正有意义的信息。就在此时，《周刊现代》策划了在全国走访因欺凌而自杀的孩子的家庭的活动。

我写了很多封信，终于得到一些家庭的许可，前去采访。其中有的采访对象我访问了两次甚至三次。

于父母而言，最不幸的事情莫过于白发人送黑发人，更不必说孩子因为受到欺凌而自杀离世。孩子们自己肯定很痛苦，他们的父母亦是如此。这些父母们陷入日夜痛苦的深渊，再向他们询问孩子自杀的详情，这是件极为残酷的事。但同时，失去孩子之后又被当地孤立的父母们，所诉说的悲痛也是尤为深刻的。这些父母们身处悲哀的深渊中，他们所看到的学校、教育委员会以及同一地区的其

---

① 日文原题为"子どもたちよ、死んではいけない"。[本书脚注皆为译注]

他父母们的自私面貌，也是现代日本的普遍样态，而这些正是将孩子们逼至死亡的社会现实。

教员与学校是否感觉孩子自杀给自己添了麻烦？

父母们是否曾想过与其让自己的孩子被欺凌，倒不如让他们成为欺凌者？

学校是否考虑过校园欺凌问题被关注会损害学校的声誉？教员是否担心过自己的晋升会受到影响？欺凌自杀发生的地区是否也曾担心自己会被牵连？

这便是校园欺凌的社会结构。

"了解被欺凌的孩子们的感受，这应该是最基本的事情吧。"大河内清辉的父亲大河内祥晴如此感叹。这是解决欺凌问题的前提条件。然而，最应该承负责任的教员，却试图将责任转嫁到孩子的性格与家庭问题上。因为这样做自己的责任就会变轻。

现在，精神医学家与心理学家们讲着"自杀连锁反应"，得意洋洋地大谈不能将原因简单化、不能美化事件等。然而，自杀的孩子们付出生命的代价留下遗书，来控诉他们遭遇欺凌的恐惧，这些专家们却无视孩子们自己的控诉，自顾自地高谈阔论。这实在是奇怪至极。

错的不是自杀的孩子，错的是欺凌者以及纵容欺凌的教员。而媒体在谈论着父亲和家庭应该如何如何，社会学者们在论说着家庭中父亲缺失的问题，似乎是在说问题出在受到欺凌的孩子们的父母身上，但他们却对欺凌者父母的教育问题以及欺凌行为置之不理。而且，该讨伐的难道不应该是激化双方矛盾的学校吗？

我所采访的 14 位父母，无时无刻不在深入思考他们当时应该怎么做，这自不必言。在进行采访的 1995 年至 1996 年，很多受访遗属，经历骨肉分离的痛苦尚不过数月，因此有些人可能在情绪上比较激动。但是，应该也没有失去了孩子尚能保持冷静的父母吧。

采访的内容汇编成《那时哪怕说一句话也好》^① 一书，于 1996 年由草思社出版。如今，该书得以重版为文库本，借此时机，我祈望通过本书，能够让那些听到孩子们悲鸣的教员们，不要再躲避在学校这一组织中，而是作为一个人，积极直面漠视人性的欺凌问题。

并且，我希望借此能够加深各个地区的家长们对这一问题的认识。祈愿可以将这些父母们的悲叹传达给打算自杀的孩子，尽可能将哪怕多一个孩子从欺凌自杀的悬崖边拉回来。

另外需要说明的是，正文中细线内的文章为我本人所写，粗线框起来的内容为遗书介绍，所注年龄等皆为事件当时的信息。

2007 年 1 月

镰田慧

---

① 原书名见本书"出处一览"。

Ⅰ

痛失孩子的父母们如是说

1　欺凌者眼中的五分之一，对被欺凌者来说则是五倍

鹿川雅弘（51 岁）

　　1986 年 2 月 1 日，东京都中野区，就读于区立富士见中学初中二年级的鹿川家的长子鹿川裕史（13 岁），于父亲老家附近的岩手县 JR^①盛冈站车站内的卫生间里上吊自杀。经调查，教师也参与了该事件中的"葬礼游戏"，这一事实令人难以置信。而且，孩子留下写有"活地狱"的遗书，这些信息一经公布，震惊了社会。校方的过失责任，在东京高等法院二审中终于被判定，根据判决结果，学校支付了赔偿金。

　　"裕史的官司胜诉后，我想以后再也不会有欺凌了。谁料又发生了大河内事件，我深感失望，难道裕史的死被人们淡忘了吗？如果大家对欺凌自杀事件都抱着隔岸观火的态度，事不关己高高挂起，那么同样的悲剧就会反复发生。"

　　据说裕史在自杀前一年的 11 月，曾将"葬礼游戏"的彩纸^②带回家，一脸沮丧地对父亲说："看看这个，你会怎么想？老师在这里也签了名啊！"

父亲雅弘先生正准备去学校抗议，裕史就自杀了。自己的行为给学生造成的打击之大，甚至导致了学生的死亡，这是班主任未曾想到的。

班主任都签了名的"葬礼游戏"的彩纸

事件发生的两三个月前，我们从班主任的信里知道了裕史遭受欺凌的事。于是我们立刻去见了老师，询问到底是怎么回事。因为信里提到了"欺凌"的字眼啊。

班主任说我家裕史在学校被人随意使唤。怪不得孩子的房间里经常有五六个书包。我看到之后曾问过裕史："这是怎么回事?"当时裕史回答说他们过一会儿就会过来拿走了。谁信啊！早上，裕史又要背着这些书包去学校。跟班主任谈过之后，我才明白了这一切。当时，我也跟欺凌者 A 的妈妈谈过，对方表现出十分惊讶的样子。

A 的妈妈否认道："鹿川跟我家孩子不是朋友嘛，从幼儿园开始就一直在一起啊。"对我的说法完全不理睬。她的孩子对我家孩子拳打脚踢，打得孩子鼻青脸肿，把耳朵都扯裂了，听了这些她还在说着他们一直是朋友啊。还说"我家孩子很可爱的，不会做这些事情的"。即使我举出这些具体的伤害事实，她还是认为自己家的孩子很可爱，我说的这些都不是真的。

总之，当时我对老师说，"孩子在外面以及在家里时，由我们来

---

① Japanese Railway 的缩写，即日本铁路公司。
② 彩纸在日本一般用于喜事。

守护。孩子在学校里就拜托老师保护了！"毕竟我家孩子受到伤害都发生在学校里啊。然而，学校都做了什么呀！老师竟然瞒着家长，对我家孩子说过"你只能转校了"之类的话，被下了最后通牒，我家孩子已经走投无路了。

裕史决心要自杀就是在那个"葬礼游戏"之后。我至今记忆犹新，那天裕史拿着"葬礼游戏"的彩纸回家，对我说："爸爸，看看这个，你会怎么想？"我看了很吃惊，问他："这是什么呀？"

裕史十分失落地看着我的脸，他应该是想知道我会作何反应吧。但是，当时我生了气，对他说："不管怎么说，你还活着呀！"听了这话裕史又说："爸爸你看看呀，老师在这里也签了名啊！""什么！"我吃惊地喊出声来。彩纸上签了一长串的名字。"这里，老师的名字在这里，"裕史指着说。我当时就在想这到底是什么意思？一点儿也不像是游戏，老师在上面还写了"真悲伤"之类的话。

这样一来裕史肯定不能去上学了，因为去了学校，不知道大家会对他说什么。就是从这件事开始，裕史决绝地走上了自杀的不归路。在他周围的孩子看来，就连老师都被拉拢参与了欺凌，成为其中的一员，如此一来欺凌行为便无法再刹车，更是变本加厉了。

裕史离家出走后的整整两天里，我在东京拼命地找他。当时我想着只要孩子还在东京，就一定会留下一些线索。然而却什么都没有找到，他一下子就消失了，没有留下任何线索。我越来越心慌，担心他出事。那天半夜，我接到了我老家盛冈的警察打来的电话，让我去确认死者身份，他说裕史死在了 JR 盛冈站的卫生间里。

学校的校长问："鹿川同学（遗体）什么时候回来？学校要

为他办个告别会。"听了这话我一下子就火了，忍不住对他说："还说什么浑话！学校不是已经给他办过告别会了吗？孩子连他'葬礼游戏'的签名彩纸都带回来了！告别会不是早就结束了吗？"听我这么一说，学校方面也吃了一惊，因为连班主任都参与了这件事情。

2月5日，我回到家一看，校长与教导主任已经在家里了。他们和我家亲戚一起，像是要把我家掘地三尺一般，在我家找那张"葬礼游戏"的签名彩纸。如果当时彩纸被他们拿了去，官司就打不成了。

我家孩子在学校受到了如此大的伤害，这已经是不争的事实，但学校却拒不承认存在欺凌，简直让人不敢相信。学生们都知道真相，事到如今，已经有足够多的证言证明了存在欺凌这一事实。只有学校完全不作为，而孩子们都在看着这一切。这件事整个颠覆了我对老师的认知。如果所有的学校都是这样，那么在任何一所学校，都有可能发生与裕史类似的悲剧。那时我终于清楚地认识到，学校是一个危险至极的地方。

一次偶然的机会，我们遇到过一位家长，那个班主任刚任教时曾教过他家的孩子。听到我说"那位老师现在教我家孩子呀"，对方说："哎呀，那位老师呀，可挺吓人的。"但我家孩子却说"不吓人，管得不严，管得不严"，孩子还说："那个老师可有个外号叫不中用，学生们找他办什么事儿他都不给办啊！"听了这话，我想那位老师跟年轻的时候比也变了不少，再过几年就要退休了，过去的严厉已经完全改变，在他身上一点儿都看不到了。他只是跟孩子们一起玩，抱着事不关己高高挂起的想法，什么事儿都不管，总之就是一名只想明哲保身的老师。

我认为有很多人选择教师这个职业的初衷是想尽职尽责地教书育人。然而在日复一日年复一年中，被迫做出很多妥协，被诸多问题消磨，自己的主张屡屡不被认可，经此种种，初心不再，曾经的干劲土崩瓦解，当初的信念分崩离析。经历种种挫折后，在学校里就变得只想着但求无过，明哲保身。

　　1994 年大河内清辉自杀事件发生后，我前往痛失爱子的大河内夫妇家中拜访，对他们说："失去孩子之后，至今我还在打起精神为他奔走。但是，精神上是很疲惫的，请两位务必保重身体。"我还叮嘱他们："如果两位考虑提起诉讼，千万不要说出去。"因为一旦说出去，反而会让自己受到伤害，找到适当的时间提起诉讼就行了，打官司是一定要打的，只是时间的问题。

　　一旦提起诉讼，之前对我们报以同情的人也会因此产生情感变化，我们会被周围完全孤立。到那时同情我们的人会站到我们的对立面，会抱怨："事到如今还说什么啊！"大家都会变成我们的敌人，这一点让人十分痛苦。这次，整个地域的人会集体孤立我们，与在学校实施欺凌的坏孩子一样，父母们也在做着类似的事，这是非常恐怖的遭遇。

　　写给我的家人以及朋友。很抱歉，我忽然消失不见。具体原因你们去问〇〇与△△就明白了。其实，我还不想死。但是，如果继续这样下去，就是"活地狱"啊。不过，如果因为我死了，要由其他牺牲者遭受我的痛苦，那就没有任何意义了。所以，你们这群家伙停手吧，不要再欺负人了！这是我最后的请求。

诉讼的初衷明明是为了防止再次出现牺牲者

1986 年事件发生后，我们提起了诉讼。诉讼时我们声明，这场官司既不是出于怨恨，也不是为了金钱，只是依照孩子遗书的控诉，诉讼是为了防止再次出现牺牲者。如果为了"赔偿金"打这场官司，还不知道会有什么结果呢。我们的辩护律师也做好了相应的思想准备。另外，凑齐七至八个律师团成员也十分困难，多亏认同我们想法的优秀律师们作为志愿者出手协助，而他们各自也都发挥了重要的作用。

接着，学校果然来给我们施加了"压力"。所谓压力，就是校方施压让我们难以开口。涉及的实际问题就是裕史的妹妹，学校利用妹妹作为威胁，来高高在上地跟我们谈话。大概校方认为跟我们谈话时，如果用一副高高在上的口吻吩咐我们，我们就会听从吧。学校比我们地位高，能把我们压制住，这真是完全官僚的思维方式。

我们接到过恐吓电话，也收到过很多来信。最初，甚至有"孩子爸爸也去死吧"一类的内容。但是，有百分之八九十的人都是鼓励支持我们的，这增强了我们的信心。

然而，每次听到"父母为什么会不知道孩子的状况呢？""孩子怎么就走到了自杀这一步呢？"这类话时，我们都无比痛心。因为即使孩子生病了，父母也绝对不会去想自己的孩子会死，这就是父母呀！

直到孩子死去，确认了遗体之后，我们才知道儿子是真的没了，因为我们做梦都没想过自己的孩子会死啊！因为我们平时也没有叱责过这个孩子呀。是欺凌者，以及对欺凌行为视而不见的周围的孩子们，一步一步将儿子逼入绝境，是他们杀死了受到欺凌的弱小者。但是，我想现在的孩子并不理解死亡的真正含义，他们觉得即使死了也会再活过来。

太痛苦了！见到朋友时，他们至今仍然会问我："你为什么不去报仇？"有人说："如果是我的女儿被欺负，我会杀人的。"如果他们陷入与我同样的境地，是否会这么做还未可知，但不管怎么说，这些都令我们十分痛苦。不过，裕史自己发出了控诉，用这种方式留下遗书，我们既然已经决定要完成他的遗愿，我就只能对逝去的儿子说："为了今后不再出现与你有相同遭遇的孩子，我可以牺牲一切，爸爸会努力的！"除此之外，我别无选择。

因为失去了儿子，我自己人生的一大半也就缺失了。我想为消除欺凌尽一份力，所以遇到人我就会大力发声，希望能将这种想法传达给对方。我四处奔走，在街头演讲，想着如果能多一个人认识到欺凌的本质，那个人也会秉持与我相同的观点，会在某一天某个地方给予他人帮助。随着这样的人越来越多，便能防止欺凌发生，悲剧将不再重演。总之，我正致力于实现这一愿景。

尽管如此，在这期间其实我也曾觉得已经厌倦了打官司，对律师说过"我要作为一个父亲肆意行动了"。律师听到这些话，劝说道："鹿川先生，请再坚持一下。如果现在就放弃了，那我们一直以来所做的那些努力不就都白费了吗？此时仍然有孩子在遭遇欺凌而痛哭啊！"

的确，现在可能有父母在哭泣；有学校与地方还在假装不知情，对事件极力隐瞒；有孩子还在满不在乎地施暴。我重新意识到，如果就这样听之任之、无所作为是毫无益处的，所以我重新振作了起来，再次开始与大家一起战斗。但说实话，有段时间我确实想过将一切都放弃掉，就连去法院旁听都觉得厌烦。

以证人身份出庭的班主任，一方面认为这是一个悲剧，另一方面也在转嫁自己的责任。尽管我们声明了，"我们打这场官司并不是为了制裁老师，也不是为了制裁学校，而是想让这次事件的真相大白于天下，为了今后不再发生同样的悲剧"。

结果，案件在中野区就被卡住了。他们做了与那个班主任以及校长完全一样的事情啊！他们甚至伙同东京都，口径一致地宣称不存在欺凌。这样一来，就连欺凌者本人以及他们的父母都开始否认存在欺凌行为。情况发生了反转，受害者被视为加害者，而加害者却摇身一变成了受害者。我们主张我们才是被害者，去追究对方的责任，而我们的追责反而使我们被大家视为加害者。我们深知这种转变十分不利，可事态的变化却逐渐开始与我们的期待背道而驰。

于是，我做好了心理准备，既然他们要骂就索性让他们骂个痛快，我相信大家以后一定会认清真相的。一审败诉了，二审时总算有了结果。明事理的人还是存在的，二审中终于推翻了一审的判决，我们得以胜诉。老实说，看到一审判决书时我连想死的心都有了。

一审的判决认定：关于欺凌者与被欺凌者，学校可以不干涉，父母也可以不干涉，希望被欺凌的孩子努力自救，摆脱欺凌。竟然要求孩子自救，这根本做不到啊！做不到的事情就会向父母、老师求助，这才是孩子正常的样子呀。因为被欺凌的孩子根本无处可逃。

这个判决内容所体现的教育方针，就好比把各种动物放入笼子里，任凭凶悍强壮的动物在里面肆意妄为。这令我们感到绝望，于是便向高级法院提起上诉。

经历了一审、二审，整个过程我至今记忆犹新，但更令我无法忘怀的是，儿子还活着时，当天早晨从家里出门的那个瞬间。同时，我也反复地反思着自己作为父亲，当时能做什么，又做了什么。在事件的整个过程中，我们作为父母付出了莫大的牺牲，也做了我们力所能及的事情。然而，我们将孩子交给学校监管教育，学校能做的不过如此吗？裕史死后，他的遗书被公开报道，我想这次的事件已经被人们铭记了吧。

经过八年五个月的漫长诉讼，终于在二审判决中，虽然不尽如人意，高级法院还是给出了支持我们诉讼的判决结果。我想当判决结果公布时，大家的脑海中或者心底里，应该多少会想起裕史的遗言吧。而且，通过这次审判，大家第一次了解到何种行为会带来何种后果，这让我们看到一条红线，能阻止欺凌发生的红线。

因此，我当时想着从今往后应该不会再发生欺凌与欺凌自杀了吧。不曾想，1994 年 11 月又发生了震惊社会的大河内清辉自杀事件。这让我感觉，我们带着孩子的遗愿历时八年半进行的诉讼，其意义并未真正为世人所理解，这令我无比懊恼。

"随着时间流逝，一切都会随风消逝，恢复原状，"儿子在遗书中写道，"不能再欺负人了，大家都睁开眼好好看看吧！如果大家都不看，欺凌问题又会死灰复燃的。你们停手吧，不要再欺负人了，这是我最后的请求。"这是裕史拼上自己性命发出的呐喊。我总是忍不住去想，这些话究竟在大家的心中产生多大的影响呢？果然，只要不是自己的事情，人们就不会认真去思考，很难设身处地去考虑。

如果人们能够时常想起类似裕史的事件，在发生欺凌时思考如何才能将其消除，时时体谅他人，这样才能阻止孩子们的自杀，防止孩子们走出最后一步。与此同时，养成人们留意、照顾到周围的习惯，是不是能促进社会整体态势的良性转化呢？

"把孩子交给学校是个错误"

如果是一对一的欺凌，那么情况就会明朗许多。可以直接找那个欺凌者，也可以与其父母或者学校交涉，这样就可以简单地将问题解决。然而，或者朋友牵涉其中，或者不一起欺凌就会被大家孤立等等，种种状况下，加害者人数会快速增多，变成二对一、三对一、四对一……欺凌者或许感觉不到变化，但被欺凌者则会感到四倍、五倍的压力。这种痛苦只有被欺凌者才明白，而欺凌者是体会不到的。

在多人欺凌一人的情况下，一旦出现严重后果，欺凌者本人，包括其父母就会说"又不是只有我家孩子，还有这个孩子、那个孩子也参与了呢"。当其中一人被问到"那你认为你要承担什么责任"时，如果欺凌者一共有五人，他便会回答"五分之一呗"。但是，对被欺凌者来说，所承受的痛苦却是五倍啊！

加害者会以这个孩子、那个孩子都参与了为由逃避责任，但我们应该铭记的是，这不是一个分数问题，不是简单地把责任按人头平均分配就能解决的。欺凌者全员都有责任。

不过，把孩子交给学校才是最根本的错误。学校根本不会代我们好好照顾孩子。家长们想着把孩子交给学校，一旦出了问题学校会负责的，这种想法真是太天真了。

虽然我也曾经这样想过，但这种想法必须要抛掉。因为在学校看来，照顾孩子与承担责任是非常麻烦棘手的事情啊，他们肯定不愿意做。明知如此，如果我们依然要将其强加给学校的话，可能会起到反面作用，出现如一审判决那样的反对意见，主张这些都与学校无关。

　　父母有作为父母该承担的监管责任，老师有作为老师该承担的监管与教育责任。所以我认为，要打破两者之间的"壁垒"，不能只靠学生与老师的往来，还必须要加强老师与父母的沟通，形成更为深入细致的交流。

　　孩子每天到学校都很有精神，听到这个家长就会放下心来。但实际上，如果老师不把孩子到校之后在学校面临什么状况告知家长，家长就完全无从了解孩子在学校的真实情况。

　　当然，父母通过在家中与孩子的交流也可以在某种程度上对孩子在学校的情况略知一二，但能了解多少是个问题。也许父母和孩子的关系仅仅停留在浅层交流上。而这并不仅仅是亲子之间的问题。因此，学生与学生之间、老师与学生之间、父母与子女之间都应该加强沟通交流。现如今，日本社会中各种沟通交流都停留在表层，因此我想我们必须改变这一现状，建立人与人之间更加深层、更加牢固的纽带。

　　另外，裕史离世后我才明白，孩子能够准确看待事物，而且在某些方面甚至已经超越了父母。我们从孩子出生后就看着他们长大，所以即使孩子已经长大了，我们仍然把他们当孩子看待，但其实孩子们在成为初中生后，就已经有了独立的想法与行动。

　　一起生活的时候，我们总是从外表来看待孩子，没有意识到这些。在裕史死后，我一点一滴回忆了孩子从幼儿园、小学再到初中的成长过程，才清楚地意识到孩子的成长，感慨孩子真是长大了啊！如果没有进行过相当深入的思考，他是不会做出（自杀的）决定的呀。决意如此，弱小的孩子是做不到的。

"剩下的就由大家一起思考吧"，我不禁觉得裕史似乎是提出问题后逝去了。留给我们的，是各自进行思考，因为只有这样才能防止此类事件再次发生。父母从父母的角度，教师从教师的角度，我们都要各自反省深思。

2 在亲戚"绝不会输"的鼓励下，我借钱打了官司

佐藤清（61 岁）

1985 年 9 月 26 日，福岛县磐城市，佐藤家的次子佐藤清二（14 岁）于自家附近的农机具储藏室内自缢身亡。清二当时就读于市立小川中学初中三年级。一年前，清二开始被同年级同学施以暴行并被勒索现金。其父母对磐城市提起诉讼，要求赔偿，1990 年 12 月在地方法院胜诉。因欺凌自杀提起的诉讼中，这是首次明确学校管理责任的判决。

"清二去世后，我发现孩子在自己的笔记本里多次写道'老师是个笨蛋！老师是个笨蛋！笨蛋！'。班主任一直告诉我们'不存在校园欺凌，请放心吧'。但是，我发现我家药箱里的胃药、创伤药不知何时都被用光了。我家孩子在学校被拳打脚踢，还被逼着喝了清洗剂。"

清二已经去世十年了。佐藤清先生带我们去了他的墓地。"喂，喂，喂，喂"，清先生在坟前悲伤地跟儿子打着招呼，他点燃香烟供在墓前，然后又倒了日本酒。

清二如果还活着，那么他今年（1996 年）就是 24 岁的小伙子了。

放任欺凌的老师

开始我们也没注意到孩子在学校被欺凌，有一天，清二身上带着烧伤回到家。我们拿出药箱，发现里面的肠胃药等药品全都被用光了，才知道清二在学校一直被逼喝清洗剂、吃泥巴之类的。我家孩子嘴巴很紧，什么都没有告诉我们。他经常偷拿家里的钱，并且将近一年都没有缴纳学校的餐费，但每个月我们都按时让他把钱带去学校了。可即便如此，学校也从未联系过我们。

欺负清二的不只是他的同级同学，还有比他年纪大的坏孩子。后来听说这些孩子被遣送至教护院（现已更名为儿童自立支援设施），两三年后被放了出来。

有好几次，清二都说他不想去学校，大概是从他自杀前一年左右开始的吧。一般孩子会在这里乘坐早上 7 点出发的公交车去学校，到学校一般是 7 点 40 分左右。放学的时候他很害怕自己一个人回家。因为欺负他的 S 比老师都要厉害，连老师都很怕他。他又是在校园里乱骑自行车，又是穿着鞋在室内到处走①，任意妄为。

到了小川町传统节日的时候，那些人把电话打到我家来，让清

---

① 日本学校的传统是进教学楼要换室内鞋。

二带好像是两万日元过去。说是"过节就要带着过节费过来",还说这已经是半价了。这和黑社会有什么区别呀。

以前也有校园欺凌的现象。但那个时候老师就会用竹板敲打欺凌者或者朝他们扔粉笔,略施惩戒,制止欺凌行为。其实我上学时也被老师这样教训过。但是现在的老师就不会这么做了。还有,现在电视上也会播一些暴力之类的内容,这也不太好啊,因为小孩子看了电视会跟着学呀,也学着对同学拳打脚踢的。清二当时肯定不敢把自己受到欺凌的事说出去,担心说出去的话那些人反而会变本加厉殴打他,或者强迫他做什么吧。

我一直在想,到底怎么做才能杜绝欺凌。我想学校的老师还是应该努力想办法解决啊,我觉得如果像过去那样,看到有人欺负同学就用竹板敲打他或者扔粉笔施以惩戒,那他们就会改了吧。现在的老师都太温和了,唉!

受到欺凌的有两个人,一个是我家清二,还有一个,他家就在这里走下去不远。那个孩子也像清二一样,被勒索金钱。所以,他俩就都不去上学,在那个孩子家里一起吃饭躲到放学,回来的时候那个孩子会把清二送到这个公交站。

有一天,很晚了清二还没回来。所以我们就去学校问,学校才告诉我们他当天没去上学。然后我们在别人家的小库房里找到了他。这样的事情发生过四五次。就算这样,学校依然说毫不知情。所以我们提起了诉讼。我们胜诉之后,老师和校长都辞职离开了学校。

清二在上初中以前是个从没出过任何问题的孩子,性格也很开朗。奶奶去地里干活时,清二会很卖力地帮忙,所以,奶奶最疼爱清二了。已经过去十年了,清二的好朋友们都长成了优秀的青年,这些孩子有时会来我们家给清二上香。每当他们来的时候，我就想起清二，想着如果这孩子现在还活着，也会像他的朋友们那样，长成优秀的大人了吧！

早晨，我都会先给清二上炷香，然后再出门上班。我还经常去墓地给孩子点上根香烟，下班回来的时候买上一杯金冠日本酒供在清二坟前。

儿子死后，我和他现已去世的奶奶当时都病倒了。我也去医院看了两次病，他奶奶更是连续两周都要跑医院。应该怎么说呢，当时就是脑子一片空白，完全懵了。我就算去公司也干不了活儿，因为我干的是木材加工，稍有不慎就会很危险。简单来说，我当时就是神经衰弱的状态。

欺负清二的是 S，还有其他五六个人。S 上面听说还有高中生。高中生也会打 S，跟他索要金钱，然后 S 就逼迫比他弱小的孩子拿钱来。清二去世后，我们才发现他在好多纸上都写了"老师是个笨蛋""老师是个笨蛋"。不知为什么他反反复复把这句话写了很多遍。

后来听说清二曾跟老师倾诉过自己被 S 打了，还被谁谁打了这些事情。但是，老师好像也很怕 S。我曾问过老师："我家清二是不是在学校受到了谁的欺凌？"但老师却告诉我："没有，没有那样的事儿，完全不用担心。"听老师这么说，当时我就信了呀。

那天也是，清二半夜也没回来，我到处找他。到了早上，清二上吊的那间农机具储藏室的主人打过电话来，说："您家儿子，刚刚已经回家了。"住在附近的朋友也在帮我们找清二，接到电话我赶快告诉朋友："孩子已经在回家路上了，可以放心了。"但过了一会儿，早上给我们打电话的那个人再次打来了电话，说他去自家储藏室，打开门一看，我家孩子已经在里面上吊了。

　　知道清二被欺凌的事情后，我当时真恨不得自己去找到S杀了他。但又想到就算杀了他，我家孩子也不能死而复生了，就打消了这个念头。亲戚带着律师来到家里，鼓励我说："咱们绝不会输的，一定会打赢的，就算要花钱也一定要打这个官司。"所以，我借钱打了官司。从开始打官司，我就没再出去玩过。这些人逼迫我家孩子喝下脏东西，与杀害他有什么两样？

　　最近在电视上看到"校园欺凌"，我还是会想起我家孩子的遭遇。清二死后，又有很多孩子遭受欺凌自杀了。时至今日，躺在床上我会常常想起清二，第二天一大早起来之后，我就会去孩子的墓地，供上香烟或者上炷香。去上班时，我也会带着香出门，先去孩子墓地上香，再去公司。也有其他人去给清二上香，有时候我到墓地一看，发现已经有人来过了，墓前供着香，或者花。可能是他的同学吧，一定是他的同学。

3　因孩子自杀而被舆论指责教育不当的父母

岩胁克己（55岁）　　岩胁寿惠（53岁）

　　1988年12月21日，富山县富山市，当时就读于市立奥田中学初中一年级的岩胁家长女岩胁宽子（13岁），从自家所住公寓四楼阳台跳楼身亡。留下写有反对校园欺凌的遗书。据遗书得知，宽子因体弱多病，在学校遭到同学持续辱骂"臭""脏"等，并被长期孤立。

　　父亲克己先生说，他在书店只要看到标题带有"欺凌"的书就一定会买下来。

　　岩胁夫妇做厨师工作。稍有闲暇时，便会尽力收集校园欺凌问题的相关资料。二人也在积极呼吁相关部门公开同学们写给宽子的追悼信和"事故调查报告"。

　　"我们向教育委员会申请公开相关资料，但他们拿给我们看的资料上，很多内容都被涂黑了。申请信息公开之后，我们多次请求教育委员会允许我们见见班主任，但每次得到的回答都是让我们联系校长。而当我们找到校长时，校长又说此事已全权委托教育委员会处理了。他们互相推脱，毫无诚意。因此我们只能开始自己学习了解校园欺凌问题。"

克己先生在女儿自杀身亡后，便开始收集与欺凌相关的报道，并做成剪报本。现在剪报本已经整理了十余册，相关报道的数量如此之庞大，桩桩件件都记载着当代学校教育中的残酷。

"对这个世界我已厌恶至极"

克己　尽管事情已经过去七年多了，我总感觉宽子的气息依旧留在我们身边，宽子用过的东西我们也不忍心收拾，就连当时她用的课程表现在仍然贴在原处。

宽子就是从那个阳台跳下去的。那天晚上大概是十一点多，和往常一样，宽子最后一个去泡澡，那晚她一边泡澡还一边唱起了歌。我躺在被窝里，迷迷糊糊地听着宽子的歌声。她妈妈感冒了，吃了感冒药，平时不怎么吃药所以药效很显著，一下就沉沉地睡去了……总之，我睡着之前还听见宽子在浴室里唱着歌，结果等我醒来却发现发生了那样的事情，我实在是想不明白到底怎么回事儿。

寿惠　那天我是在凌晨一点十分左右醒来的。因为睡前吃了药，当时还感觉很奇怪，怎么这么早就醒了。我家很小，所以我一睁眼就发现家里好几处灯都亮着，当时我还对女儿喊"快睡吧！"，但没听到女儿的回答，我想别是开着灯睡过去了吧，过去一看发现她不在床上。我觉得很奇怪就赶快出门去查看。

克己 发现宽子不在家，我就走到阳台上往下看，发现她倒在楼下地上。也不知道是出了事儿倒在那里还是躺在地上睡着了，我立刻飞奔出去。连鞋也顾不得穿，光着脚就跑下楼了。下去一看孩子可能是头朝下落地的，脸都变形了。我当时满脑子只想着赶快叫救护车，就转到公寓前面的公寓电话亭，拼命按绿色公用电话上面的红色按钮。但是其实紧急报警键是在电话下面的呀。所以当时救护车和119都打不通，我已经慌了，完全不知所措。电话一直打不通，我就跑到商店街，挨家挨户去敲门，想着看能不能找到人。终于在敲到大概第五家时，那家男主人在家，帮我叫了救护车……那天的事情历历在目，至今难忘。我穿着睡衣，光着脚就坐上救护车跟着去了医院。到了医院，我和妻子被分别带到两处，警察已经等在医院了。

寿惠 警察在医院走廊里做了案件笔录。

克己 警察在做案件笔录时，接到去我家搜查的警察打来的无线电通话。他们是擅自去我家搜查的，并没有提前告知。接完电话警察对我们说"笔录做到这里就可以了"。当时如果警察清楚告诉我们他们找到了宽子的遗书，把遗书给我们看看就好了。如果警察告诉我们遗书的事情，我们一定会要求他们把遗书留下的。但当时他们只是拿着个信封跟我们说"这个我们拿走调查了"。遗书就在信封里，可我们当时完全不知道啊！后来通过警方的案件通报，还有记者写的报道，我们才得知女儿遭遇了校园欺凌。已经公之于众了，所以学校也不得不承认吧。

遗书（全文）

你知道这是什么感受吗？班里同学都躲着我，说我的坏话。如果是你，你能继续活下去吗？我已经没有活下去的信心了。我

对不起辛辛苦苦把我养大的妈妈和爸爸。妈妈、爸爸，谢谢你们！真的谢谢你们！大家可能会说不过是校园欺凌而已。但是，我的遭遇实在是太痛苦了。谢谢你们，曾经温柔待我的人。谢谢你们，把我养大的爸爸、妈妈。

对这个世界，我已厌恶至极了。

初一三班的××、××、××、××、××、××，我是不会原谅你们的，你们不要再欺凌别人了。

"耽误了我家孩子考学怎么办"

克己 作为父母，我们很想在孩子摔落的地方摆上鲜花，供上鲜花和线香，双手合十来追悼女儿。但是，因为楼下是商店街，所以我们只能作罢。尽管如此，仍有流言蜚语指责我们，说我们在孩子去世的地方连花都不供，正因为有这样的父母，孩子才会变成那样……自出事起大概有半年的时间，无论白天还是晚上，都会有人打来无声电话骚扰我们。这实在是让我们受不了。

寿惠 无声电话会在半夜里每隔十分钟打来一次，持续一个多小时，连续好几天都是这样。后来，就开始白天也打，凌晨也打。有时听筒中会传来家庭电子游戏机的声音，所以我们猜想有可能是小孩子。我们下定决心，既然如此，只得由我们去习惯了，电话打来时，我们就拿起听筒默默地听着。虽然是无声电话，有时会听到对面传来咚咚的钟表报时声。于是我们猜想对方用的是家里的电话，而不是公用电话。大约三个月左右的时间里，每天一过晚上12点，就会有无声电话打来。白天也不时有电话打来，持续了半年之久。

宽子是在12月去世的，刚好是紧张的考前冲刺期。家委会里一名初三的学生家长对我们抱怨："因为你家孩子的事情，我家孩子考不上报考的学校可怎么办！"唉，原来给大家造成了这么大的影响啊，当时我们这样想着，只能保持沉默。

克己　其实在宽子去世后的两年里，我每次看到四楼的阳台就会忍不住流泪。我家在车站附近，下班后从车站走回家的途中有一个路口，每当在那里等红灯时，抬头就能看到公寓楼，看到与我家类似的阳台……那时，宽子已经失去了平常心，肯定是和平时完全不一样的，为什么我们没能发现从而救下她呢。

当时不断有人谴责我们家的教育有问题，养育了脆弱到自杀的孩子。他们完全不管孩子为什么自杀，只是一味地谴责家长。失去了孩子，又被世人谴责，自杀孩子的遗属要承受两倍甚至三倍的伤害。我想因欺凌而选择自杀的孩子的父母，多多少少都有着和我们相同的经历吧。

寿惠　我家孩子直到最后一天都在和欺凌行为抗争。在她去世一年后我们才知道，就在自杀那天，宽子正要走出教学楼时，看到一个女生在找被人藏起来的鞋子。宽子就对那个女生说"那我也帮你一起找吧"，然后开始帮女生找鞋子。宽子在家从来不跟我们说这些事，所以当天我们并不知道，后来才听那个女生的家长说的。

宽子那天还跟另一个同学说过话。据说那个孩子当天在学校也遭遇了欺凌。宽子和她一起回家，用富山话对她说"你明天能坚持上学吧"，一边说着她还拍了拍对方的肩膀，给她鼓励。然后两个孩子就各自回了家。

　　宽子在鼓励过同学之后，自己却在那天晚上从阳台跳了下去。这样说起来，宽子那天其实目睹了两起校园欺凌事件啊。我想，在那之前宽子在学校肯定也见到过各种欺凌，可以说这孩子直到生命的最后一刻都在与校园欺凌抗争吧！因为她死得太突然了，我一直都无法相信，总觉得宽子是不是因为不小心才失足坠落的。

　　克己　因为那天宽子在浴室里还一边唱歌一边泡澡呀。她明明在学校被欺凌十分痛苦，在我们面前却一丝一毫都没表现出来。不过，那天的 4 天前（12 月 17 日）是宽子的生日，因为肠胃不舒服，她几乎没怎么吃生日蛋糕。宽子去世后，我们把剩下的生日蛋糕供在阳台上，后来才看见蛋糕上留有手指印，宽子果然还是很想吃生日蛋糕的呀！

　　总之，大家一直指责我们做父母的，为什么没有看到孩子发出的 SOS 信号。但事实上，孩子是不会把自己受到欺凌的事情告诉父母的，甚至反而会故意装出开心的样子。宽子也是如此，每天出门去上学时，她一点儿都没表现出很痛苦不想去学校的样子，反而很大声地喊着"我去上学啦！"。她每天都是这样出门，我们耳中一直回响着她出门时爽朗的声音，想都没想过孩子遭到了校园欺凌。后来我们才想明白，宽子故意大喊一声再出门，那是为了给自己加油打气，意识到这一点后，就更加痛心了。

　　寿惠　要说孩子的 SOS，那时宽子刚和好朋友吵了架，所以没什么精神。而且当时她又恰好身体不好，正在腹泻。她身子一直很弱，经常会腹泻，一般 4 天左右就能康复，但那次的腹泻却持续了一周。后来想想，那次腹泻她康复得比平时慢，应该是精神压力过大导致的。

宽子是个容易生病的孩子，那段时间又一直腹泻。所以当时我只知道宽子因为腹泻而不大有精神，却没有看穿孩子还遭受着精神上的欺凌。宽子一有点儿感冒就会影响到肠胃，因为她免疫力弱，这些症状又会引发哮喘或者肾脏方面的病症。这孩子的膀胱比其他孩子的要小，如果尿液蓄积就会倒流，进而引发肾盂肾炎。这孩子就是这样体弱多病，但升入中学后，随着抵抗力的增强，体检结果也逐渐恢复正常，我们都说这孩子马上就要痊愈啦，没想到就在这时她却出事了。

还有，宽子右锁骨骨折过（1988 年 6 月 27 日）。在学校体育节上，学生们都在操场上时忽然下起了雨，大家为了避雨，全都一股脑儿地涌向屋檐下。宽子也和其他同学一起跑，一个男生从后面跑上来撞倒了她，导致她锁骨骨折。听说那个男生停都没停就跑了。后来为了治疗骨折，宽子贴上了膏药，之后听说因此宽子被同学们骂"臭死了""脏死了"等等。就算这样，宽子也没有告诉我们在学校被欺凌的事情，这孩子应该是因为自尊心吧。

克己　宽子是个要强的孩子，无论什么问题都想靠自己解决。我们也确实想要培养孩子的独立意识，什么事情都让她自己做，现在经常会想，我们是不是做错了。

寿惠　宽子骨折的时候，我们能更强硬地处理就好了。当时我们找了老师两三次，希望能找出从后面撞倒宽子的那个学生，让他道歉，让他对宽子说句对不起。我们提出，希望学校能通过广播，呼吁那个男生站出来，希望学校能用尽所有办法，找到那个男生，让他道歉。然而学校却毫无作为，给出"尚未查明"的答复就草草了结了。现在我们很后悔当时没有继续追究下去。宽子当时说过是某个男生干的。

宽子即使回到家，也闭口不谈被欺凌的事情。她是个活泼开朗的孩子，完全没表现出来异样。宽子被欺凌的事情，我们是在她去世之后才从班主任那儿知道的，有些是从报纸上读到的。因为宽子经常去找班主任反映，所以班主任十分清楚宽子的遭遇。报纸上也写道，班主任说他感觉到了危险。报上还写着，出事之前班主任正打算找一年级的年级主任商量这件事。

但是，宽子本人跟我们却什么也不说。如果她在自杀前多少告诉我们一些，我们就会留意观察了。但我们丝毫没看出孩子要自杀的征兆，她自己也总是作出开朗的模样。当时哪怕宽子稍微流露出不开心的表情，我们就能察觉了呀。

克己 听说在六七月的时候，老师与实施欺凌的五六个学生以及我家孩子进行了三方谈话。宽子当时也跟我们说问题已经解决了。但据说其实在那之后情况反而变得更加严重了。我们后来才知道，是因为宽子保护了另一个受到欺凌的孩子。她因为保护了那个孩子，自己成了被欺凌的对象。而且，宽子保护的那个孩子也加入欺凌者那边，宽子变成了孤零零的一个人。我们开始并不知道这些，直到其他班的学生把这些写信告诉了《北日本新闻》，朋友看到告诉了我们，我们才终于了解到这些真相。

朋友们写给宽子的信

克己 宽子的遗书里写了 6 个孩子的名字，但我想，也许这 6

个孩子并不知道是他们的欺凌造成了我家孩子的死亡，或许他们至今也不知道。我们向校方提出"至少让我们与这些孩子的父母沟通，到时候请一定让这些孩子与他们的父母同时出席"，可学校完全不配合。

给宽子的信（宽子死后，在整理其遗物时发现的信件）

虽然有些对不起你，但我以后不再理你了。因为如果和你来往的话，大家都会躲着我。我接下来说的可都是实话。

其实××也很讨厌你。说你爱撒谎、性格不好，还说你让人觉得很恶心。

三班所有人都这么说。你应该知道××为什么不理你吧？是因为你爱撒谎、性格差才会被无视的。

我和你来往的时候，三班的人都很讨厌我，你是知道的吧？

最近三班的人开始主动来跟我说话了。××也是，男生女生都来和我说话了。特别是××经常来找我。

××说了，大家一起无视你，跟所有关系好的人都说了。

讨厌你！讨厌你！讨厌你！

别那么亲切地称呼××！

少在××面前装乖！

恶心死了！恶心死了！笨蛋！

寿惠　从这封信能看出来，和我家孩子关系好的人一定会被欺凌。这是全班一起欺凌啊！或者说是大多数人一起实施的集体欺凌。

克己　据说宽子曾经保护过的那个孩子，当她从宽子座位旁边走过时，竟然提着裙角对宽子说"真脏"。唉，肯定是其他同学命令她那么做的。宽子在 12 月 19 日把这件事告诉了我们。这孩子最后在一本没有日期的笔记本里写道："老子我会加油的，绝不会轻易被打败的！"宽子平时不是会说出这么男性化语言的孩子。而且这句话是她用左手写的，因为当时她右锁骨骨折了。

寿惠　后来，学校告诉我们，"学生会正在主导开展校园欺凌清零运动"。虽说如此，可我家孩子已经死了呀。我想现在重要的是，学校要认真调查并记录已经死去的这个孩子的事情。应该调查清楚校园欺凌具体是如何发生的，孩子经受了怎样的痛苦，调查并记录好每一个具体事件是非常重要的，可是学校对这些全然不理，只是交给学生会。我很怀疑，学校的老师们是否真能对解决欺凌问题起到指导作用。

克己　校长来到家里，对我们哭着说："我自己没几年就要退休了，可是班主任老师还很年轻，还有未来……"这话的意思就是让我们以后不要再追究宽子的事了，他居然能轻易地说出这样的话来！

宽子出事以后，富山也发生了欺凌自杀事件。那是一个小地方，欺凌自杀事件在那样的地方发生，家长更是哭诉无门啊。我们知道后马上赶了过去，果然，家长受到压力难以开口。教育委员会也是一副只要让欺负人的孩子转校就完事儿了的样子。我说，不应该这么处理，教育委员会以及学校应该做的，是彻底调查欺凌的详细真相、尽全力消除校园欺凌现象吧！而且报纸也是，两三天后就不再报道这个话题了。

寿惠　那个孩子的母亲告诉我们：因为地方小，亲戚们知道后，都劝他们"别说些没用的话""不该说的别多说"！他们真是什么都不能说啊。

克己 于是，我们要求教育委员会公开相关资料，但他们却说什么："事到如今，还说这些干什么！"还有人指责我们："你们住着市里的房子，怎么还能说这种话？"

寿惠 他们对我们说："你们家住着市营住宅，还能做出这种跟市里作对的事来啊！"还有人打电话来说："宽子已经去世6年了，每次出现有关欺凌自杀的报道，她的同学们都会伤心难过，你们适可而止吧！"

克己 只不过是请求公开相关资料，就受到这么多攻击。可想而知，如果提起诉讼，大家还不知道会说出什么话来！到时候我们肯定会被大家完全孤立的！

教育委员会、公文公开审查会都做了什么？

克己 法务局的人第一次来我家时，问了一句要不要提起诉讼。当时我们根本没有考虑过打官司。我们想着宽子已经走了，事到如今就算提起诉讼孩子也回不来了，另外还考虑到其他的孩子，所以就回答道："目前我们不打算提起诉讼。"其实，法务局的人来我家就是为了听到这个答复吧。如果当时我们说要起诉的话，事情会变成什么样呢？可能他们会更认真地调查吧。当时法务局的人应该也是怀疑这次事件涉及到侵害人权，才来我家的吧。但是，不知道学校怎么跟他们说的，总之，就那么不了了之了。

实际上，当时我无论如何都没想到欺凌是宽子自杀死亡的真正原因，总觉得她应该是不小心才失足坠落的。当得知孩子是因为不堪欺凌而选择了自杀时，我们心痛不已。作为父母，我们无论如何都想知道宽子为何一定要自杀。我们觉得了解她究竟经历了什么，这也可以告慰宽子的在天之灵。然而，校方完全不告诉我们宽子在学校里究竟遭遇了什么，这实在是令我们难以理解。为了弄清事情真相，我们向教育委员会提出，申请公开"事故调查报告"。

这是因为我们觉得"事故调查报告"里应该记录了宽子所遭遇的校园欺凌的详情。但是，报告里完全没有涉及这些，只写了事发之后老师做了哪些教导。这让我们觉得很奇怪，于是我们继续一次接一次地提出要求公开相关资料的申请，最后，所提交的申请种类竟多达20余种。

东京都町田市的前田先生家也遇到了和我们同样的问题。他们被告知作文已经被处理掉，不存在了。他们听说那些作文是事件发生当时让孩子们写的，所以请求学校一定拿给他们看看，但校方却以"会对孩子有影响"为由，没给他们看。

不久又听老师说，有两三个欺凌过宽子的学生一起去找老师说："我们也死了算了！"我们想着不能再让这样的悲剧发生了，最终，就没能再继续追究下去。

宽子二周年忌时，我们也想过再次提出请求，但那年刚好宽子的同学们正面临高中升学考试，为了不影响孩子们高考，我们就决定等到六周年忌的时候再说吧。现在回头想想，当时我们应该更强势一些。不过，要考虑到孩子们的情况，我想任何人都会和我们一样，实在很难强势起来。我们一直期待学校会妥善处理，这大概也是受害者父母的普遍心理。我们并不是要责怪那些实施欺凌的孩子，但是，为了将来不会再次发生宽子那样的悲剧，我们恳请学校能够诚心诚意地尽可能有效指导学生。

对于我们提出的公开相关文书的请求，教育委员会给我们的答复里只有"不存在"三个字。连为什么不存在都没有写。我们询问原因，始终没有得到答复。为什么会不存在？是过了期限被处理了，所以不存在，还是有其他原因？我们列出有可能的具体选项做成表格，提交给教育委员会，请他们在上面明确答复。可是，教育委员会却以这种答复会形成公文为由，拒绝了我们。

"不存在"的文件实在太多了，这说明学校在这件事上几乎毫无作为，没做任何处理。

在临近宽子七七忌时，有名学生的父母来到我家，据他们说："学校一直说警方在调查此事，所以学校不能调查。"学校也对我们说了同样的话。校长跟我们说："警方已经做了调查，学校无权像那样进行调查，因为学校毕竟不是警察。"这话不是很可笑吗？警察从警察的角度调查，学校从学校的角度认真查清事件真相并对学生做好指导，这不是应该的吗？但是学校却什么都不做，只想着坐等事态平息。

我们向教育委员会提出了很多请求，但实际上他们完全没有进行相关调查。例如书信的事情，教育委员会所做的只是打电话给校长，然后把校长的答复转达给我们而已。作文的事情也是一样，他们仅仅是打电话询问了校长，然后把校长的答复"已经烧掉了"转告给我们。无奈之下，我们只能再次向审查会提出异议，寄希望于审查会身上。可是，这个审查会直接采纳了教育委员会那名课长的说辞，做出了决定。我们质问"审查会为何不进行独立调查"，结果他们直接说："该做的事我们都已经做了，如果你们还有什么异议就只能找法院了。"

这个审查会的正式名称是公文公开审查会，是独立于教育委员会之外的机构，成员由市长直接任命。教育委员会是要咨询审查会的意见的。按照制度，审查会应该在听完我们的口头陈述与教育委员会的意见之后，由 5 位审查员做出决定。尽管制度是这样，但这个审查会的会长是市里的顾问律师。我当时也提出质疑："这种身份的人怎么能做出公正中立的审查呢？"但没有被采纳。

我家孩子当时是在初一三班。刚刚提到的作文其实一共有两篇，一篇是组织全班写的，主题为"给岩胁同学的告别信"，另一篇是让全校学生写的，主题为"如何防止不幸的事件再次发生"。当我们要求查看作文时，教育委员会给我们的答复是"以'如何防止不幸的事件再次发生'为主题的作文已经被烧掉了"。按照他们的答复，那么另外一篇以"给岩胁同学的告别信"为主题的作文应该还在啊。

说到作文的所属权问题，那应该是属于写作文的学生们的。虽然作文主题是"给岩胁同学的告别信"，但这些作文既没有被邮寄给我们，也没有被供奉于灵前。通常学校会如何处理学生们写完的作文呢？据说一般会发还给学生，其中有些写得特别好的、具有文学性的，会由学校留存。但是，教育委员会给我们的答复却并非这两种通常处理方式的任何一种，他们说"班主任烧掉了"。说是全班写的作文都被班主任烧掉了。这种说法与教育委员给我们的答复是存在矛盾的。

我们向教育委员会申请公开的是孩子班里组织写的"给岩胁同学的告别信"这篇作文，教育委员在答复中却换成了全校学生一起写的那篇"如何防止不幸的事件再次发生"。而且当我们追问是谁烧了全校学生所写的作文时，只得到十分模糊不清的答复，说"可能是一位老师处理的吧"。答复里明确写着"烧掉了全校学生写的作文"。

也就是说，依照这些答复，班主任一人烧掉了全校学生写的"如何防止不幸的事件再次发生"的作文。但奇怪的是，尽管给我们的答复是无法提供，但是初一三班组织写的那篇作文却被公开了，并且刊登在多家报纸上。即便如此，他们还一直狡辩说已经烧了！

来自全班的语言暴力

寿惠 女儿死后，我们跟校长说过："请把这个噩耗告诉欺负过我女儿的那些孩子的家长。"但是没有一个人到我家来。直到临近宽子的七七忌时，有一两名家长前来吊唁。我们一直认为，当父母的，听到自己孩子的言行导致一个人死亡的消息后，一般应该会坐立难安吧，但是竟然无一人过来。原以为那些欺凌者的父母如果了解了我们的想法就会来的，但事实上，学校根本就没有把我们的想法传达给那些实施欺凌的学生的家长。所以，我对学校说："学校解决不了的话我们就去找律师。"听到我们这么说，校长和班主任才慌忙行动起来。

于是，实施欺凌的 6 个人中，有 5 个人的父母就到我家来了。看来学校之前什么也没跟对方父母说啊！尽管这样，我们也一直为这几个孩子着想。尤其是听说其中的两三个人一起找过老师，说"我们也死了算了"，要为这些孩子着想的心情就更强烈了。可是，我家孩子被逼死了，我们本应该更强硬一些的呀！

虽说宽子没有受到实质意义上的肢体暴力，但对孩子来说，语言暴力应该是更难以承受的。听说当时已经形成了全班一起对我女儿施加语言暴力的氛围。我想如果老师能认识到什么是欺凌的话，就不会仅仅是走过场一样三方谈个话，就以为已经处理好了，草草了事。那之后的处理方式很重要，老师能留意到这些就好了。

克己 宽子的事件发生之后，学校只想着一瞒再瞒。我们没有通过诉讼的方式，而是请求教育委员会公开相关资料。资料一点点被公开了，我们才发现里面几乎没有什么实际内容。申请公开资料，分为公文公开与个人信息公开两种。有时公文中没有的内容会在个人信息中出现，但我们申请得到的回复却是一次又一次的"不存在"。当我们提出希望教育委员会写明不存在的原因时，教育委员会只是答复说："如果写出来的话就会成为公文，所以我们不能写。"

身为父母，我们却完全无法知晓孩子在学校发生了什么，这让我们感到非常遗憾。学校为什么不告诉家长呢？我们问的并不是谁欺凌了我家孩子，我们只是想知道孩子在学校到底遭遇了什么样的欺凌，只是想要知道详情。

寿惠 老师应该也有他个人的看法吧，为什么不能光明正大地把想说的话说出来呢？出事之前我们一直非常信任学校。如果学校和我们真的互相信任的话，那么我们就无需一次次地申请公开资料，不用一次次通过信函沟通，只要通过口头交流就能做到充分的相互理解了。希望学校能努力做一些让我们重拾信任的事。

4　没有遗书，欺凌就不被承认的残酷现实

前田功（49岁）　前田千惠子（49岁）

　　1991年9月1日，东京都町田市，当时就读于市立筑紫野中学初中二年级的前田家次女前田晶子（13岁），于JR成濑站附近卧轨自杀。没有留下遗书。学校不承认存在欺凌，但是同学们的证言证明了这一事实。事发之后学生们所写的作文，学校没有公开。遗属正在提起诉讼，申请公开资料，要求履行告知义务。

　　"我家女儿不像是会被欺凌的孩子。她从未说过自己正在遭遇欺凌。可能是因为她想在父母面前做一个好孩子吧。"

　　这么说着，功先生带我们去了晶子就读的中学。耸立在高台上的校舍，被冰冷的水泥墙围着。

　　"这所学校像不像一座堡垒？"

　　功先生的名片上，印着"温柔待人，严格监权"。

　　"以晶子自杀为契机，我放弃了追求出人头地。一心只想要了解在学校里究竟发生了什么，为了女儿，我要知道真相。至今为止，我在公司里也一直都太'好孩子'了。"

曾经是工薪阶层精英的功先生的话，像是对女儿的祭奠。

原本很喜欢学校的孩子为何会选择自杀？

千惠子　女儿的最后一通电话是我接的，当时的情形一直深深印在我脑中。当时，晶子打来电话，问："我必须得去筑紫野中学吗？"当时，如果我说一句"不去学校也行"就好了。

那是在 9 月 1 日（1991 年）周日晚上 7 点左右，平时我出门买东西都会带着女儿一起去，那天因为要买的东西很少，我就独自一人出门了。回到家一看，晶子不在。她去了对面秋山家还录像带。然后，晶子在外面打来了电话，问："妈妈，明天我必须得去筑紫野中学吗？"

那时我随口回答，"啊？明天是要开学了呀。"然后晶子说了一句"知道了"，就把电话挂了。当时我觉得有点儿奇怪，她的声音也和平时不同，我心中有些不安。因为她的声音很小。那时，如果我能对她说一句"不去学校也行""不去筑紫野中学也行"就好了。当时她说的不是"学校"，而特意说了"筑紫野中学"，可我为什么没有留意到，为什么没能对她说可以不去学校呢？为什么我没注意到女儿正因为遭受欺凌而痛苦呢？想到这些，至今我仍然后悔不已。这就发生在新学期开学前一天的晚上，以前女儿从未请过假，是个很开朗的孩子，所以我完全没有想到她竟然想着要去自杀。我真的太疏忽大意了！太对不起那个孩子了！我内心一直非常自责。所以我想要弄清楚女儿在学校究竟遭遇了什么，这个念头一直支撑着我走到现在。

功　在与学校的抗争中，屡屡见识到现实的残酷，我明白了一件事：如果不是处于现在的这种境地，也许我们还和一般的父亲、母亲一样，完全不了解校园欺凌，只想着希望能把自己的孩子养育成一个好孩子。这么说或许有些矛盾，但我有时会想，如果这13年来，我们没有一直教育晶子要成为一个好孩子的话，那么是不是她就不用死了。但是，哪有父母不希望自己的孩子成为好孩子的呢？

千惠子　我们一直教育她"应该去上学"。她上面的哥哥姐姐都是全勤。姐姐没有一次迟到和请假的记录。哥哥也是，一直到毕业典礼前一个月都是全勤，但从初三第二学期开始，学校乱得很，其他学生里有人得到老师的许可请假一个多月，所以他也去找班主任，说："在学校也无法学习，所以我想请假。"得到许可后，他在考高中前请了三天假，所以没能拿到学校的全勤奖。因为哥哥姐姐都是如此，我们就一直以为晶子也是很开心地去上学的。如果这孩子不那么乖，而是在家里闹一闹，说出"我再也不想去学校了"，那我们就能留意到了。

出事之后我才想起来，晶子把在学校穿的鞋拿回家后，就那么扔在玄关一直都没洗，直到我提醒她才去洗。第二天就要开学了，却还没准备好，晶子不是这样的孩子，当时她一定是完全不想去上学。

逐渐明晰的欺凌真相

功　要说我们是不称职的父母，我想的确如此，因为直到孩子去世两三天之后，我们才发现孩子在学校一直被欺凌，之前想都没想过。晶子的葬礼结束之后，有很多孩子放学之后来到我家，但我注意到，和晶子关系很好的朋友却没有来。

葬礼次日，教导主任打来电话，说："马上就要开家长会了，我想今晚去您家拜访，商量一下到时候如何跟大家说明您女儿的死。"我说"好啊"，立刻答应了。当时，我还拜托教导主任："晶子的好朋友一直没到我家来，我很担心，我还想仔细问问她晶子的事情，能不能转告她来我家一趟？"其实当时我们并不知道那个孩子也是实施欺凌的一员，仅仅是单纯想听她讲讲晶子生前的事。

几个小时后，来了 3 个孩子，是几个很厉害的孩子，一看就是很叛逆的孩子，眼神还有说话都是那种感觉。但 3 人中也有晶子的好朋友，他们说晶子曾借了那个孩子喜欢的美国歌手的录像带。录像带是 VHS 格式的。但我家的录像机是 β 格式的。所以其实借了也没法看，但不借又不行，我想可能晶子和她之间就是这样的关系。这盒录像带的租借费达到了一个月 6 万日元，他们还提到晶子曾纠正说："一天 200 日元的话，那一个月应该是 6000 日元吧。"当时葬礼刚刚结束不久，亲戚们还在我家，他们听到租借费 6 万日元这个巨额数字很是吃惊，那几个孩子的说话方式也很是吓人。

但我向他们道了谢，感谢他们告诉我们这件事。他们还说，大概是从 7 月初开始，他们就都不理晶子了。从本人口中听到的就是这些。然后，其他孩子们来家里时，说那 3 个孩子还只是小喽啰，真正可怕的是另外一个没来的孩子，全校学生合在一起都不如那个孩子厉害。她甚至能指使暴走族，女孩这个样子，更加吓人了。据说那个孩子常年都在欺凌其他孩子，大家都很怕她。这些都是我们后来才听说的。

那天晚上，学校也来人了。我当时还没理好思绪，所以没有告诉学校从他们3人口中听来的事情。后来又想着还是应该把这些都告诉学校，于是第二天早上跟学校说了："我们听说了这些事情，请学校仔细调查，并把结果告诉我们。"在等待学校答复期间，我们逐渐了解到这些孩子在学校究竟是多么飞扬跋扈。到我家来的一个孩子曾说过："晶子死了，因此我才得救了，其实我也一直都很想死。"那个孩子也遭遇了欺凌。

不久，我们得知学校正在组织找晶子的遗书。我很生气。原来老师们在晶子死后不久，我们还不知情的时候，就已经沸沸扬扬地说这是欺凌自杀了。老师们已经议论纷纷，而我们却还对真相一无所知。被蒙在鼓里的只有我们前田家的人。

千惠子　我们家儿子比晶子大2岁，刚从同一所初中毕业，所以在为晶子守灵的那天晚上，儿子的朋友以及他们的妈妈们都到我家来了。当然，比晶子大5岁的大女儿的朋友也来了。当时我悲痛欲绝，说不出话来，一直被亲戚们搀扶着。听说在守灵夜的会场——我家前面的一个会馆里——妈妈们一直在窃窃私语着什么。会馆的旁边有个公园，说是来我家上香后回去的途中，几位妈妈都目击到一群孩子在那个公园里吵架，公园里聚集了大概二三十个孩子，他们吵嚷着"是你干的吧""明明是你""不是我"之类的。

谈论中好像提到了另一个团伙的孩子的名字，不是刚刚说的那4个人所属的团伙。儿子的朋友回家之后对自己的妈妈说："妈妈，前田的妹妹好像是被欺凌才自杀的，听说被欺负得很惨。"后来才有人告诉我们这些状况，但当时我们完全不知情。

据说在守灵夜的时候，有 4 个女生加上她们的男朋友一共 8 人一起去了晶子自杀的现场——JR 成濑站。学校的老师担心，万一那些孩子跟风自杀就麻烦了，于是几名老师一起开车去追他们。

事故现场摆满了花束，应该是升入私立中学的晶子小学的朋友以及他们的妈妈去悼念过了。我没去看，大女儿上学途中，还有孩子爸爸去上班时见到了。我们也从车站工作人员那里听说了这些事。

隔了一段时间，住在同一区域的妈妈以及孩子来到我家门口，对我说："没能帮上什么忙实在是很抱歉。我们想了很久，担心把我们知道的一些事情告诉你之后，你恐怕会更难过。"然后她们把从自己女儿那里听到的事情告诉了我。听说其中有个女孩子在我女儿出事之后根本不敢自己睡，把被褥搬到妈妈旁边，让妈妈握着她的手，那个女孩说："当时，如果我去告诉老师就好了。我一直觉得前田是个很坚强的女孩，还以为她会没事的。"

另外一个孩子好像说过："我也遭遇了欺凌，想着从屋顶上跳下去，但又没有勇气没敢跳。前田很坚强，直到最后她都没有哭。所以我以为她没事。我们当时如果安慰她一下就好了。但是，如果和她说话，下次那些孩子就会来欺凌我们，所以，当时我们考虑更多的是不想惹麻烦。但是，我们实在没想到会发生这样的事。"

要求孩子们作证说不存在欺凌的老师们

功　还有很多细节需要一步步去发掘。我们大致了解到的是，升入初二之后晶子才去了那个班级，欺负她的两个孩子和她座位挨着，一前一后，刚开始三个人关系还不错，但晶子说了不想再和她们一起玩之后，就开始被欺凌了。晶子留下了类似交换日记的东西。因为是初中生朋友之间交流用的，里面使用了很多暗号一样的语言，很难看懂，但我们尽量设身处地地去解读，发现里面写的是按照顺序欺凌哪些孩子，下次的目标是谁等等。还写了我家晶子说不要再欺凌同学了，因此她成为了被欺凌的对象。里面写着："你们说的超级令人火大的家伙，就是我吧，我该怎么道歉你们才满意呢？"

千惠子 即使询问那些参与欺凌的孩子为什么欺负晶子，也弄不清楚原因。那些孩子来我家时，晶子的哥哥说"我最后再问一个问题"，然后质问她们："晶子要怎么做才能得到你们的原谅？"那些孩子们无言以对。据说其中一个孩子在其他场合曾说过："其实无论晶子做什么我都没打算原谅她。"当时好像也有人问她前田到底做错了什么，她什么都没说。

功 关于欺凌的真实情况，大家都在隐瞒，所以时至今日，我们所了解的也仅仅是很少的一部分。不过，晶子的烦恼中，也有想在父母面前尽力一直做一个好孩子这件事吧。对此，我们只能反省，把她教育成这样，是我们的责任。因为哪怕很困难，她也想做好孩子，所以才会努力从欺凌团伙中脱身，劝她们"停手吧"，因此她才开始被欺凌。这不是晶子本人告诉我们的，但即使不是，这也是真的。

千惠子 暑假期间，时常会有无声电话打到我家，如果是除晶子以外的人接起来，对方就会马上挂断。打电话的那个人好像是负责把晶子叫出去的。那时，晶子都是傍晚出门去往某处，回来时会飞快冲进家门。平常她从来不这样。她从外面一口气跑回来，直接跑进自己房间，两个小时都闭门不出，连饭都不出来吃。这种事情发生过两三次。我也觉得奇怪，但考虑到晶子正处于青春期，就想着最好还是让她自己一个人安静一会儿，没特意去管她，我真是太大意了！

还有，原来她去上辅导班时，都是自己走到车站的。以那个孩子的脚力，从我家到车站也就是不到 5 分钟的路程。但那次她出门之后又返回来，对我说："妈妈，你开车送我去车站吧。"明明已经出门了，为什么她又回来了呢？我去开车的空，她就走到了，这个距离自己走去更快。当时我没答应开车送她，她就急得在玄关处直跺脚，在门和玄关之间来来回回转了两三趟。现在想想，她应该是在拖时间。在那之前不久，她开始请求我开车去学校接她。但是以前，哪怕是她把东西忘在家里，我说要开车给她送过去，都会被她拒绝。即便是时间很紧张，怎么都赶不上了，只能开车送她去学校时，她也会在距离学校很远的地方下车，然后自己跑去学校。这样的孩子竟然说想让我开车去接她。如果当时她能说一句"我被人欺凌了"，那我什么都会为她做的呀，这件事令我懊悔不已。

功　听说学校瞒着我们在偷偷摸摸地斟酌对策，我很生气，就打电话给班主任和羽毛球部的教练抗议，说："我们已经跟校长说过请学校认真调查晶子的事情并将调查结果告诉我们，但学校怎么什么都不告诉我们啊！明明你们早就了解到很多事情了！"在那之前，学校曾问过晶子的事情我们是否有什么线索，校长、年级主任和教导主任几乎每天都来我家，在家里四处探查。实际上，他们当时是来试探我们对事情的真相究竟了解多少的。

晶子去世一周之后的 9 日下午，3 名老师带头把孩子们集合起来做了特训。特训的目的应该是为了让孩子们说出"那不是欺凌，我们必须收回跟前田父母所说的关于前田的事情，因为我们当时说的其实不是那个意思"。但是，孩子们曾经告诉我们的事实无法抹去。所以他们给孩子们准备好了剧本，让他们说之前所做的那些都是为了前田好。老师们劝说那些孩子："你们并不是欺凌前田吧，那些算不上是欺凌啊。"

然后，3名老师带着那些孩子深夜来到我家。那些孩子对我们说："我们是坏孩子，而前田学习好，和我们不一样，所以我们严厉对待她其实是为了让她脱离我们。"这，就是老师们写好的剧本。他们说这些时就是一副鹦鹉学舌般将拼命背下来的内容说出来的样子。老师们明明要求他们事先把这些都背出来，但他们说的时候还是不太流畅，每当他们稍微有些吞吞吐吐时，3名老师中那位比较能说的女老师就会说"不是那样吧，应该是这样的吧"，当我们的面一边现场指导演技，一边引导他们说下去。

这些孩子在葬礼次日来我家时，对我们说他们欺凌了晶子，然后流着泪回去了，正因如此，我才不觉得他们可憎，对他们说："如果你们想起什么一定要告诉我们啊。"甚至还想要把他们一个个分别送回家。我认为这些孩子在当时确实理解了晶子的痛苦，而且他们应该也有反省精神。但是，老师们却对他们说："我们做错了，当时因一念之差才让你们去了前田家，是我们的错。"如此一来，这些孩子当然也不会再想反省了。甚至还有老师当着我们的面恬不知耻地说："那天（葬礼次日）我们还没准备好就把那些孩子送到前田家去了。"

千惠子 那之后，参与了欺凌的孩子——大约二十几个人——一起将看到他们欺负晶子的孩子围起来，威胁说："你这家伙，不准告密！"然后，他们说着"那个家伙好像也看到了吧"，又去将另外的孩子围起来威胁一番。那个孩子当时应该很恐惧，后来他说"前田肯定也经历过这个"。

出事之后，老师让孩子们写了作文，然后将写了认为存在欺凌的孩子叫出来劝导。老师对他们说："哪里是欺凌？按照文部省对欺凌的定义……他们本来是好朋友，那就是朋友之间吵架而已。"如果孩子说"我还是认为那就是欺凌"，那么老师便会反复劝诫，告诉孩子"那不是欺凌"。倘若孩子依旧不改变自己的意见，接下来就会由教导主任出面劝说。据那些孩子说："在学校已经不能提前田的事了。"

功　在出席家长会之前，听说有个从幼儿园时期就和晶子是好朋友的孩子，被参与欺凌的孩子们包围起来威胁，原因是觉得她可能跟我们告密了。那个孩子的妈妈对她说"以后不要再去前田家了"。我在家长会上讲，这简直像是回到了黑手党之王艾尔·卡彭的时代，现在的状况已经变成了正经人会被黑帮和名为学校的"警察"两方责难。

晶子究竟遭遇了多么严重的欺凌，直到现在我们也没查到具体的、直接的情况。在我们发起的要求公开信息的诉讼中，校方声称他们一直在寻找遗书，但找到的都不是前田的东西，所以就扔掉或撕掉了。但不久后他们改口说，撕掉之后又粘起来留存了。就这么一件事，都很难弄清真相。

那所学校就像是一座水泥堡垒，耸立在高台上。在那里面，老师们拼命掩盖各种各样的事情，尤其是晶子的事。而这种人正在从事的，是教书育人的工作。对此我实在是愤怒至极。

欺凌可能会发生在任何人身上

功　晶子刚好处在青春期这样一个棘手的年龄段。我虽然很少直接说什么，但相信通过耳濡目染，我自己长期以来的人生价值观一定会影响到孩子。我一直都想着，希望晶子做个好孩子，不要给别人添麻烦。大概正因为如此，晶子脑海中才产生了一个强烈的念头：不能辜负父母的期待。

例如，这孩子很快就能记住电视里的广告，她模仿这些广告家人就会很开心。再比如，她说一些冷段子，我们就会爆笑。这孩子总是会做一些这类符合我们期待的事情。是因为我，她才形成了这种回应他人期待的思维方式。不仅对父母如此，晶子也在努力回应其他孩子的期待。这一方面会使自己的世界更开阔，但同时她应该也会努力回应那些实施欺凌的孩子们的期待。可以说就是在这个过程中，她才被逼到绝路了吧。

如果当时能知道晶子的处境，了解晶子所接触到的学校的真面目，那我们肯定会选择其他应对方式的。即便不了解晶子的内心世界，至少知道她处于危险中的话，我们应该就能挽救她了呀，对此，我至今仍然悔恨莫及。

千惠子　认真、善良的孩子，更容易被孤立、被欺凌。晶子肯定十分在意这一点，或者说她一直很在意必须要和周围的同学保持一致。爱出风头、引人注目或是富有个性，这样的孩子容易成为校园欺凌的目标。欺凌有可能发生在任何人身上，因此大多数人会产生一种想法，将自己置身于周围的人所在的同一个团体中，认为这样才会安全。像这样把大家都塞进同一个框子里，这是学校一直在做的事情。老师们会把"集体"挂在嘴边，动辄便会说"集体"如何如何。即便对老师们说脱离集体的孩子、作为个体的一个个人才是重要的，他们也只会答复"不，我们要从集体考虑"，这是他们唯一的做法。

晶子去世后，回过头来想想，其实有不少疑点。她两条腿的小腿上有很多淤青，正在涂药时被我看到了，我问她："怎么弄的?"她什么都没说，我就以为是她自己摔的。因为她是一个活泼开朗，有时会逗我们开心的孩子，和我认为的会遭遇欺凌的孩子给人的印象相差甚远。

时至今日，我回想起那段时间，早晨她明明早就起来了，却在玄关处磨磨蹭蹭不肯出门，让我开车送她，当时我还以为她是想偷懒。完全没想到她是在害怕那些把她逼上绝路的坏孩子。晶子的姐姐曾说过："如果我过去曾遇到过一些问题的话，或许就能更早明白晶子的状况了，晶子可能就会更容易对我说出她的烦恼了。"家里的每个人都在反省自责。

反省的同时，我们也很想了解学校里究竟发生了什么。因为女儿在世时，我们没能察觉她的痛苦，事到如今，无论真相多么残酷，我们也必须要弄清楚这个孩子究竟遭遇了什么，我想这是我们身为父母的责任。

文化节上演自杀剧的阴招

千惠子　晶子去世之后的一年间，我伤心欲绝，一直待在家里不能出门，连出门买东西都做不到，甚至可以说我能活下来都很不可思议。但我想自己也不能一直如此，于是去了以前常常和晶子一起去的一家商店购物。来到店里，我便想起晶子常常在这里把自己喜欢的食物一个接一个地扔进购物车。每个角落都让我回想起从前，晶子来这家店时的一举一动，一幕幕浮现在眼前。想到这些我潸然泪下，悲痛到连购物车都推不了了，实在是太痛苦了！自那以后我几乎再没勇气去那家店了。

功　一直以来我都是一个几乎不与权力对抗、作对的人。但因为晶子的死，我做了种种抗争：申请公开信息，要求召开审查会，提起诉讼。我与权力对抗，并越发受到反噬，拼命挣扎，伤痕累累，几乎每天都是如此。

这就是"指导纪要"。这里只写了"前田晶子"这四个字，这就是全部。公开之后，我们只能看到我家的地址、我们这两个监护人的名字以及晶子的名字。其他内容全部都被涂黑了。我不理解为什么他们只会做这些。

这是"事故发生报告书"。这里面究竟写了什么内容，我们完全看不到，就连项目名称和打印的部分，都像这样被涂黑了。校方都做了什么呢？我给学校打完电话 1 小时 20 分钟之后，教育委员会就已经发出了指令，命令"由管理岗位统一应对媒体"。他们将信息封锁做得如此彻底。因此，班主任只是在来我家时和我交谈过，那之后一直没再开口。只是一味坐在那里，保持沉默。

晶子自杀是最令我们悲痛的事，但事发之后校方的所作所为，简直就如同再一次鞭打死者。所以我想，如果我们对他们屈服，那从双重意义上来说都对不起晶子，这个念头成为了我不断抗争的力量来源。确实，经过这次事件，我的人生观也发生了很大的改变。

没找到遗书，我想学校松了一口气。在中野区的鹿川同学自杀事件中，据说学校的人进到他家里搜查了遗书。在我家倒是还没发生这种事情。但是，学校到处寻找遗书，这的确是事实。在我家没有发现遗书，但我听说为了找到晶子曾经给欺凌她的那些孩子写过的类似于遗书的东西，守灵夜那晚，13 名老师将学校里的垃圾箱都彻底翻了个遍。虽然不知道他们是否找到了，但老师们四处翻找过，这是一个无可否认的事实，我们抓住这一点要求学校拿找到的东西给我们看，但最终学校还是坚持没给我们。

千惠子　在晶子去世大概两个月之后的 11 月 3 日，学校举办文化节。晶子所在的班级决定集体表演话剧。据说在晶子去世之后，大概 10 月中旬，就决定了具体表演的剧目。是将《死亡诗社》那部时长两个半小时左右的电影压缩为 30 分钟左右的短剧，里面有自杀的情节。

那部电影讲了父母缺乏理解而导致孩子自杀的故事。剧本是父母将孩子自杀的责任强推给孩子的老师、同学以及朋友们。电影里，那个孩子想当演员，而他的父母非要让他成为医生。孩子说完"即便是来世我也要当演员"，就用手枪自杀了。改编后的短剧主要聚焦于两个半小时的电影里父母的缺乏理解和孩子自杀的那一幕。

因晶子的事情和校方决裂之后，班主任已经很久没来我家了。但在举办文化节 3 天前的那个傍晚，班主任突然上门了。我以为是别人，打开门一看，班主任笑眯眯地站在门口。他说："学校要举办文化节，请务必来观看。"因为当时不知道他们班要上演的剧目，我想着去一趟也好，可以告慰晶子的在天之灵，就去参加了。

没想到上演的是这样的剧目！如果晶子没死的话是没问题的。但晶子自杀身亡了，为什么要演这种剧呢？而且还是晶子所在的班级。剧中手枪的枪声，和铁路的声音在我脑中重合在一起，那枪声令我一惊，然后眼泪就止不住地流了下来，之后我一直在恸哭，根本无法看剧。终于，剧目结束了，之后是谢幕环节。大家鼓着掌，老师问台上的孩子："现在有什么感想？"然后把麦克风对着其中一个孩子，那个孩子平静地回答："我们演的就是我们现在的感受。"

接下来，老师又去采访到场的父亲、母亲，问他们"觉得孩子们演的怎么样"，家长们回答着"真是太棒了"之类的话。老师们就在我旁边笑着，而他们明明看到我在恸哭。为什么老师要让我来看这么残酷的剧目呢？我想正常人应该无法做出这种事情。

功　有个与学校有生意往来、常常进出学校的人来到我家，这个人工作上仰仗着学校，需要看学校的脸色。他提醒过我们："孩子七七忌之后可能会有事情发生。10月20日左右，学校好像准备有什么动作。"我终于明白了，原来那个人当时说的就是这个呀。来家里参加晶子七七忌的孩子们，似乎也说过他们放学后被留下练习之类的话。

遗属缺席的追悼会的真实目的

功　学校在10月24日举办了晶子的追悼会，但是却没有通知我们。我之所以知道了这件事，还是因为经过要求公开资料的斗争，我们拿到了一部分资料，其中有一份老师们在校内开会讨论的"议事录"。上面写着"必须要瞒着前田来办"，还有一些讨论的内容，如"要尽量瞒着前田和媒体，一旦被他们知道，遗属介入就麻烦了"，等等。看到这些，我怒上心头。这不是在拿晶子的事开玩笑吗？瞒着我们背地里偷偷摸摸的，实在是阴险！这和欺凌有什么分别？

千惠子　我们还发现文书中写着：以晶子追悼会的形式来举办的话，预计遗属会要求参加，媒体也会介入，所以要变更计划。另外，还写了取消献花环节，考虑到肖像权也不摆照片，追悼会后让学生会主席宣读声明。此外还有，尽管电视里一直在说筑紫野中学是一所有问题的学校，但是学校要团结一致，让他们看看我们究竟是不是有问题，因此决不允许失败，等等。

功　这个追悼会究竟要做什么呢？我们一直在批判学校，站在我们这边帮助我们的媒体以及认为学校的处理方式有问题的人们，也在追究学校的责任。这个追悼会其实就是为了与这些人对抗的统一意见大会。据说学校要求学生们不要接受媒体的采访，告诫他们泄漏消息会被严肃追究，这就是一个谋求达成以上统一意见的集会。我想大概学校考虑的是，被欺凌至自杀的学生家长在大多数其他家长面前，不过只是一个人而已，因此，大家一起将对抗学校的碍事家长排挤出去，那么事情就能平息了。

学校的"报告书"里，"反省 1"一项中写着"被媒体报道了"，即"筑紫野中学的问题点在于被媒体报道，从而引发社会议论"，这就是他们最大的反省之处。其次还有，"自杀这种骇人听闻的事件，对于应该如何告诉学生和家长要有所顾虑"，"9 月 2 日，忙于应付媒体，警察也来了，十分忙乱。结果，未能将前田之死传达给全校学生，就到了 9 月 3 日"。对于这个延迟应该怎么弥补，学校有些手忙脚乱。9月2日守灵夜之前，校长和教导主任来到我家，问："应该怎么对外公布呢？"给我们的感觉就是，他们想将此事作为事故而不是自杀来处理。学校一直在做的就是这类事情。应该在新学期的开学典礼上公布这个消息，这也是他们写下的的反省之一。而在这则反省中，学校使用的说法是"前田之死"。但是，通常应该使用"前田晶子同学之死"吧！虽然是个学生，但对于死者，这种措辞也太失礼了！这是社会常识方面的问题。学校的种种表现实在令我们怀疑他们是否懂得社会常识。

千惠子　在市议会上，教育委员会主任向议员们道歉，说："因为我们被媒体报道，令大家担心了，实在很抱歉。"总之，他们认为此事只要不被社会关注就行了，因此他们才会藏起孩子们的作文，用"烧掉了"来搪塞。

作文究竟是否还存在？是否真的被烧了？

功　孩子们所写的关于欺凌的作文，最初学校说是"存在"的。那时我们申请公开的请求被驳回了，得到的答复是"非公开"，所以校方才觉得承认作文"存在"也无碍吧。然而，之后我们又进一步申请了取消"非公开"，校方就开始说"三年级的作文已经发还给学生了"。对此我们做了调查，孩子们都说"没还给我们"。据此我们进一步跟学校沟通之后，学校又改了说辞，开始说"作文烧掉了"，而且还说是"在你们申请公开之前就烧了"。后来在诉讼中，我们追究了校方说法的前后矛盾，他们就改口道："是在你们申请公开信息之后烧掉的。"学校就是这样，只要对他们不利，就会改变说辞。

千惠子 我给好多位老师打过电话，但很少能打通，难得有老师接了，先是说："前田先生你在说谎，我没烧过作文啊。作文我都带回家保存着呢。"然后又说："接下来我会跟校长好好谈谈，能回答你们的我一定会回答的，请不要再给我家打电话了。"说完就把电话挂了。

然而我给老师家里打电话的事，当天所有的老师就都知道了，然后学校好像对老师们下了封口令。那之后，即使有老师接起我的电话，也只是顾左右而言他。"如果烧了的话，是什么时候烧的？还是扔掉了？"面对我的质问，老师回答："应该是在 10 月份吧，嗯，也可能是第二学期期末。"就这样含糊其词，敷衍我，完全不正面回答。因此我又问道："老师，是您自己做的吧？您把真实情况说出来就行了呀。"但老师还是一味支支吾吾。

功 即使我们申请了公开信息，得到的答复也是"不存在"，学校用这种方式来逃避，实在是太恶劣了！如果我们干脆不走合法途径，直接去偷出来，就能揭露他们的谎言了，可是这种事我们也做不出来。但除了这个途径，无论是政府部门还是学校，都一味用"不存在"来对付我们，而且这种做法竟然还行得通！"作文没有了"，"没让学生写作文"，用这种恶劣的谎言来应付，简直是岂有此理！学校和政府必须要更加透明化才行啊！必须公开相关信息，不只是现在，今后也是，只要申请就能随时查看才行。抛弃已经去世的孩子，只保护活着的孩子，这种原则和逻辑竟然能够通行！但是，这种做法其实并不是在保护活着的孩子呀！感觉他们是拿孩子们当作挡箭牌，自己躲在背后而已。也就是说孩子们不过是他们的工具。

千惠子 其他妈妈们还说学校的老师什么都告诉她们。但是，学校的老师告诉她们的，只是对学校有利的信息。暴露自己过失的事情，老师是绝不会告诉家长的。因此，他们不会提及学校里的混乱，班里的事情也只是封闭在班里解决，绝对不外传。

其实孩子们也是一样的。家长认为孩子们什么事儿都会告诉自己，但是失去晶子之后，我才开始怀疑孩子们是否真的什么都告诉家长。说是会告诉家长，但随着孩子们逐渐长大，肯定会出现不能对家长说的事。但家长们还是会盲目自信，认为自己家孩子在学校发生了什么，都不会瞒着自己。我本人曾经也是如此，根本不知道学校已经是这种状态了。这件事发生之前，我也觉得不惜和学校对立也要申请公开信息的话肯定会惹麻烦的。

学校说，就是因为我们申请公开信息，所以才无法和我们对话，但我们觉得这些信息本来就应该告诉我们。所以从申请召开审查会，再到提起诉讼，我们和学校之间的对立逐步升级。如果学校一开始就毫无隐瞒地都告诉了我们，那我们也会感谢学校的。可是，学校却只会隐瞒。我们越调查发现的疑点越多，事情已经无可挽回了。

无论学校与教育部门如何打击我们，我们都要了解女儿的遭遇。晶子生前我们没能留意到欺凌的事，导致她陷入深深的绝望之中只能痛苦而死。因此，作为父母，无论遇到多少困难，只要我们还有一口气，就一定要查清真相。

我们想知道学校里究竟发生了什么

功　现在我们已经提起诉讼，要求学校履行告知调查报告的义务。走到这一步也是不得已，因为学校一直不告诉我们真相，这令我非常愤怒。从这个意义上来说，留有遗书的欺凌自杀才会被媒体大肆报道。但我想其实还存在大量没被媒体报道、无法发声的欺凌自杀。我认为这些孩子们的愤怒与痛苦不能被公之于众，都是因为学校对这些问题不认真调查、不公开。所以，我们犹豫了再犹豫，挣扎了再挣扎之后，决定为了这些孩子、为了晶子以及为了我们自己，都必须要这么做。如果不能解决这种不了解真相的痛苦，我们死不瞑目。

现在，我们向町田市教育委员会以及学校申请了公开与晶子事件有关的资料。学校声称这些是非公开资料，但是作为父母，我们想了解，也必须了解晶子在学校究竟遭遇了什么，是如何痛苦而死的，这样才能告慰晶子的在天之灵。有人知道事情的真相。老师是知道的，作为外人的老师知道，而作为父母的我们却无法了解，这也太不合情理了！化悲愤为力量，我们尝试了各种办法，最终才下决心通过起诉来要求公开信息。这么做并非为了促进信息公开制度的完善或是其他，只是尝试了各种办法之后无奈之下才走上了这条路。

千惠子 晶子去世之后过了大概三年半，我的情绪才多少平复下来。事件刚发生时我恨不得去找他们，让他们把晶子还给我，心中充满愤怒。之后，我才见识到残酷的现实，很多孩子因遭遇欺凌而自杀，如果没有找到遗书，欺凌自杀往往得不到承认。大人们很难理解处于青春期的 14 岁孩子的心理，要求他们从孩子的视角去思考，恐怕也是很难做到的。我们必须考虑，通过什么方法才能了解孩子们没有说出口的事情。我想，首先学校应该把相关信息告诉家长。当然并不是这样就能防止欺凌发生，但应该可以通过这样做来改变家长对欺凌的认识。

功　在申请公开信息的过程中，我们要求公开"撰写'事故报告书'所依据的一切必要资料"。我是从老师那里听说，他们"通过让学生写作文来调查"，晶子的哥哥也说过，因为那个学校发生的事件比较多，老师经常让学生写这类作文。据说孩子们都把这种作文戏称为"告密文书"。这是那所学校的惯用手段。

学校一定是在看了学生们的作文之后，撰写了"事故报告书"，但是行政部门拿给我们的符合我们申请要求的文书里却没有这些作文。于是我们又另行申请了公开作文，之后马上就接到答复，说作文属于非公开资料。对此，我们再次提出异议，进行了漫长的斗争。

期间还发生了学校以及教育委员会伪造文书的事情。我们申请公开资料后，他们便重写了或者说是新写了一份报告书。但作文是无法伪造的，所以我们才坚持要求公开孩子们的作文。

现在我们提起了两件诉讼，一件是"申请取消'作文'非公开决议的诉讼"，另一件应该取什么名称呢？可以称为"问责学校调查及报告之义务的诉讼"。晶子为什么自杀了，明明有人知情却一直在隐瞒。隐瞒真相的行为令我们愤怒，对经历了孩子自杀的父母，学校难道没有报告义务吗？我们就是从这种真实感受出发提起了诉讼，诉讼的名称还未确定。

我想应该不是文部省要求教育委员会隐瞒真相的，也不仅仅是校长为了自保而强迫教员让他们隐瞒。我感觉是所谓热心的老师们，带头来攻击我们。

在艾滋病事件①中，厚生省官员和医生们明知非加热制剂的危险，却一直对当事者隐瞒信息。而他们原本肩负着守护国民健康的使命。

晶子的事件也是同样。与真正的"教育"相去甚远的东西正蚕食着学校，或者应该称之为"教员社会"。在学校里，"保护自己同伙的排他性"被优先于真正的教育之上。"热心的老师"为什么会做出隐瞒信息的违法行为？我想必须要弄清楚导致这种现象出现的机制。

---

① 指日本 1980 年代发生的"药害艾滋事件"。由于未采用热灭活技术的血液制品受艾滋病病毒污染，近 2000 名血友病患者受到感染，其中约 600 人死亡。这是日本历史上最严重的药害事件之一。

5 与过去完全不同的孩子和老师

大河内祥晴（48 岁）

1994 年 11 月 27 日，在爱知县西尾市，大河内家的次男大河内清辉（13 岁）于自家后院自缢身亡。当时他就读于市立东部中学初中二年级。生前他被欺凌团伙施以私刑，被勒索金额高达一百数十万日元。校方报告其为"突然死亡"，之后遗属公开了遗书。欺凌的细节在全国引起强烈反响。

遗书中写道："……如果我拒绝了的话，事情是不是就不会发展到这一步了？对不起。我也不想死……"

父亲大河内祥晴先生说："总之，现在我想自己静一静，我只想认真思考，究竟是什么让清辉如此痛苦。"

教育委员会处分了 5 名教员，进入新年度后调走了校长。这些都只是形式上的处分。

"学校根本不想正确认识欺凌问题，只想着如何应付过去。首先要弄清楚被欺凌的孩子是怎么想的吧？这是最基本的事情吧。"

祥晴先生是想说，希望学校能认真面对每个孩子。然而，老师们却不能理解这一点。

善恶不分的老师与孩子

学校虽然说了"很抱歉"，但是他们不清楚自己在为什么而道歉。的确，遗书中写了河边的事情、勒索的事情等等，但我想，这些事情发生的背后，固然存在孩子们思维方式的问题，可老师们是如何指导教育的，这才是最大的问题。

我希望学校在弄清楚这些问题的基础上，深刻认识今后应该如何教育学生。为此，我想我有必要从自己的角度，查清老师们在清辉事件的处理上存在哪些问题，也有必要确认老师们对这些问题的真实想法。

例如，孩子明明对老师诉说了自己被欺凌的事，老师为何没能及时处理呢？我们有必要认真思考这些问题。老师们应该察觉到欺凌的存在，我不清楚他们是否有这种自觉。很多人指责说：人们一直在思考欺凌问题，也早就知道欺凌问题存在，却还是发生了如此大的事件，这样想来，真是让人无话可说。但我想更根本的问题在于老师们的认识就是有错误的。应该有为数不少的老师，不觉得那些实施欺凌的孩子的行为是异常的，他们察觉不到异样。

孩子受到欺凌去找老师控诉时，已经经受了多少痛苦啊。更进一步，去向老师控诉，这件事本身对孩子来说又是多么痛苦的事情。

我希望周围的孩子们能够理解这些，但是，首先希望老师一定要理解这些。

我认为，必须从上述角度去对待孩子的控诉。我最近接到的几通电话中，提到很多类似的事例。由此我越发强烈感受到，在思考欺凌的应对措施之前，应当先看到老师自身的问题更多。在这类老师大量存在的状况下，即使受到欺凌的孩子去找老师控诉也没什么用。这类老师不能切身理解遭遇欺凌的孩子们的感受，由他们去指导全体学生是靠不住的。

大概是在清辉去世的次日，也就是 11 月 28 日，学校让全体学生写了作文，写在学校发生了什么以及他们看到了什么。第二年的3 月份，我们从学校拿到了全部作文，看到这些作文里已经明确写出了实施欺凌的孩子们的真实姓名，对所发生的事情也写得很详细。听说在其他地区发生过学校将写了欺凌真相的作文处理掉的事情，的确，我想从学校的立场，应该很难将写有这种内容的作文拿出来。

我们最后幸运地拿到了作文。但是，事情发生的第二天学校就让孩子们写了作文，读完这些作文也不需要太长时间，因此我想，当天晚上相关老师尤其是学校高层就已经了解了事情的真相。

29 日晚上，教导主任和学生指导主任来我家时，我岳父根据他自己查到的信息，恳请他们"务必认真调查"。其实当时他们应该已经知道作文的内容了，却回答说"目前还在调查中"。因此，我觉得，如果后来我们没有找到孩子的遗书，那么这件事情肯定会被暗中掩盖过去。

如果没有遗书，那么我们就会和其他遗属一样，无法弄清楚事情的真相。无论其他孩子说什么，无论我们如何申诉，学校可能都不会承认存在欺凌。

清辉的事发生之前，我对学校虽然说不上是完全信赖，但一定程度上还是觉得老师们会为我们考虑，会做出公正的处理。但是通过这件事，我意识到老师们的很多想法是有问题的。即使我们提出自己的想法，也很难被接受吧。

举例来说，学校有一条规定：初三学生不能去初一学生那里。孩子们觉得这个规定很奇怪，也向老师提出过。有个孩子给我写信，诉说他因违反这个规定而被老师训斥，他很难接受。据说自从感到校园暴力很棘手，这个措施就在全国的中学实施了，但我想很多人都不明白这个措施在教育上究竟有什么意义。这或许是现在日本老师身上存在的最大的问题。某些规则一旦建立，老师们并不会从教育孩子的立场去思考这些规则是否有必要，以及是对还是错。相反，包括新来的老师在内，学校全体老师都会以一直以来都是如此为由，遵守这些规则并将它们强加给孩子。

另外，有一种观点认为并不是孩子不对，而是社会有问题。我不知道这种观点是否正确，但我想孩子自身也是有问题的。孩子们的改变背后当然有家庭和社会的影响，但我们还是应该对孩子说"错的就是错的"。

然而，老师们并没有这种意识。对于孩子们的各种行为，甚至包括"摔跤游戏"在内，老师一概认为不过是游戏而已，因此允许这些行为发生。这种所谓的"摔跤游戏"，究竟是游戏还是早已超出了游戏的范畴，我想老师有必要弄清楚。如果已经超出了游戏范畴，那就应该告诉孩子不能那么做。

我家孩子在 4 月 8 日打了其他的孩子，指使他打人的孩子的家长也被叫到学校。据我家孩子说，他接到打人的指示，那个指示是在"摔跤游戏"中发出的。我家孩子说，在"摔跤游戏"中他已经被殴打了（这在老师的笔记中也有记录），如果不按照指示去打人，自己就又会被打。可以看出所谓的"摔跤游戏"早已变了质，完全脱离了游戏的范畴。

学校虽然把发出指示的孩子的家长叫到学校，进行了警告，但据说老师是这么说的："'摔跤游戏'一旦过激会变成欺凌，请一定注意。"我想这里存在两个问题。

一是对于孩子所说的"被殴打"，老师是如何认识的。如果不能正确认识，那么是看不到欺凌的。因此，老师的认识本身就存在问题，他不认为这些事是不对的，这就是问题所在。

另一个问题在于，老师自身缺乏正确认识，因此即使老师提醒家长说"'摔跤游戏'不能过激"，家长也无法理解实际情况。如果能清楚地告诉家长"孩子打人了"，那么家长就会知道自己的孩子做了不该做的事。老师本身不能正确认识此事，认为那不过是'摔跤游戏'，那么这种错误的认识就会传达给家长。如果说是'摔跤游戏'，那就变成了不过是在做游戏而已。因此，据说被警告的孩子家长听了老师的警告之后，对自己的孩子说："不要在意今天的事情了，带你去吃饭吧。"然后就带着孩子走了。

最终，老师没能认识到哪些事情是不对的、应该提醒孩子注意什么，只是把家长叫来，进行老一套的指导，认为这样就足够了。老师们只会做这些。我认为，老师此时必须要纠正孩子的错误，但很多老师对这一点认识不足，执行力也很有限。这是我的强烈感受。

现在，东部中学也在实施所谓的"校园欺凌对策"，但更重要的应该是老师的态度——对于孩子们的控诉，正面应对的态度。老师们应该做的，并非是事发之后像查找犯人一样追究欺负人的是谁，而是老师们自身要树立正确的价值观或者说是非标准，教导孩子这类事情是不对的。

以前的欺凌与现在的欺凌

其实我自己也是如此，以前听说鹿川事件时，也曾觉得与己无关。尽管校园欺凌现象过去就存在，但与现在的欺凌明显不同。我感觉现在，无论是孩子还是老师，想法都与过去大不相同了。

用一句话概括，那就是几乎所有孩子都把升学作为目标的大环境带来了一种弊端。从小学开始就有这种升学为王的倾向，我想孩子们肯定有很多话想对父母说，想对父母倾诉。以下观点也包括我自身的反省：对于孩子们的倾诉，家长往往会先想到自己的中学时代，从而以一种先入为主的观念，认为中学应该这样、老师不可能会那样，结果就不能认真聆听孩子们的倾诉。

例如，这次清辉事件中，经过深入调查，我发现勒索的孩子加上被勒索的孩子，总人数占到全体学生的五分之一。仅勒索金钱这个部分，就已经发展到我们中学时完全无法想象的地步了，近两成的学生都牵涉其中。

因此，反之也可以说，现在已经变成了一种谁都有可能被欺凌，谁都有可能成为欺凌者的状况。

在这种状况下，家长和老师有必要让孩子学会判断自己所想的事情、所做的事情，究竟是对还是错。但是现在，尤其是老师们，在对这一点的应对和教育上存在很多问题，应该被强烈谴责。当孩子选择对老师诉说时，如果老师不能理解孩子们的相处之间存在的阴暗面，或者说不能理解学校里正在发生什么，那么他就看不到孩子诉说的合理性，无法真正理解他们。

恐怕在我家孩子就读的东部中学所在的学区，也有很多家庭认为欺凌问题与自己无关，因此对其视而不见。但实际上，涉及勒索金钱一事的孩子的数量就达到了全校学生的五分之一，仅仅从这个数字也可以看出，这种事情在学校里很容易发生。然而绝大多数的家长却对此一无所知。

清辉事件发生的 3 年前，在东部中学就曾经有二十几名学生因勒索金钱而被教导。我想不只是对欺凌导致孩子死亡的事件，还有没到致人死亡程度的，以及尽管无人控诉校园欺凌，但大家各有烦恼、对学校抱有不满的，这些情况也都需要人们认真思考。

还有一点——其实我自己也是如此——步入这个社会久了，逐渐觉得有很多事情都是无可奈何的。这类事情在成年人的世界、父母的世界中普遍存在。但是，孩子们对事情的理解方式毕竟与大人存在差异，如果不能从这种差异出发去理解孩子，便会产生问题。

我想很多人都会有这样的疑问：为什么必须要去死呢？为什么要结束自己的生命呢？但是，这所依据的是在这个无可奈何的社会长期生存并积累了经验的成年人的基准，孩子们并不是这样想的。二者之间存在着根本性的不同，即使我们无法回归到孩子的思维方式，但至少可以站在孩子的角度，看到他们与我们之间的这种根本性的不同，回应这种不同并告诉孩子们这种不同。我强烈认为这么做非常有必要。

儿子的事情发生之后，很多孩子来到我家，谈起种种话题。我感觉其中提到金钱的孩子相当多。在我小时候，当然金钱肯定也很重要，但对金钱的欲望、想要赚大钱的意识并不是那么明确。现在，孩子们常常会聊起怎么才能赚钱，而且是轻松地赚大钱，对这个问题我无法给出解答。但看看我们这些成年人世界中的现实，便会觉得其实与这些孩子们所谈的一般无二。因此，我非常犹豫应该如何跟孩子们谈论这些话题。

和老师们谈话时，我常常会强烈感到，他们缺乏社会常识。东部中学在几年之前，曾有一个孩子自杀了。父母为了纪念孩子，以他的名字在学校建立了书库，并在那里挂上孩子的遗照。但这次清辉的事件发生之后，学校才发现那个书库的书已经七零八落，几乎全空了。

这个问题被发现之后，据说老师们费尽力气找来书将书库恢复了。但后来听说学校曾试探性地问过孩子的父母："遗照怎么办呢？归还给你们吧？"孩子的父母想着如果学校这么对待孩子的遗照，那还不如拿回来，便回答："希望把遗照还给我们。"然后学校是怎么归还的呢？据说是让同在那所学校上学的那个孩子的妹妹顺便带回家的。这是那个孩子的母亲告诉我的。

这或许是一个偶然发生的事例，但至少这种做法完全不符合我所了解的社会常识。将寄托了家长哀思的遗照，让孩子顺便带回家，这在我看来是无法原谅的。应该由合适的人代表学校将遗照送回父母家。然而，这种缺乏社会常识的人大量聚集的，就是学校这一由教师组成的集体。只要没人提出意见，就会一直固守成规的这种教师社会，究竟是什么？这种人真的可以教育好孩子们吗？

例如，刚刚提到的初三的学生不能去初一学生的教室，这种规定很可笑，但即使我们提出来了，老师们也不能理解。在我们读初中时，无论初三学生、初二学生还是初一学生，都可以自由来往。这才是学校本来的样子吧。但是现在却有了这种规定。如果是发生了校园欺凌以及暴力事件而不得不暂时如此规定，直到事态平息前先暂且执行看看的话，那我也可以理解，孩子们也会表示认同。但老师们却答复说："虽然我们认为这种规定没错，但既然大家都这么说，那我们会考虑看看的。"

校长也是如此，不理解我提出质疑的本意，而是一副事不关己的样子，只是问了其他老师："那是从什么时候开始的？"

因为这次事件，通过与老师们的交涉，我强烈感到对于我们所提出的一些显而易见的问题，大多数老师却完全不认为有问题，他们没有丝毫的问题意识。当然，我想也有个别老师是明理的，但从整个学校的集体意见来看，却是讲不通道理的。这是因为个别明理的老师会被不明道理的老师影响。近墨者黑，这就是学校的样态、组织的样态，我想这样下去危险要素更是会进一步变大。

能保护自己孩子的只有父母

需要思考的不只是老师。我曾去学校参加三儿子的公开课活动，结束后是家委会大会，然后是班级座谈会。几乎所有家长都出席了公开课，我也是，但我没参加班级座谈会。听说那天留下来参加座谈会的，一共只有6名妈妈和2名爸爸，人很少。其中1名妈妈和1名爸爸是儿子班级的家委会委员。我想家长还是应该把学校的这些活动更当回事，毕竟一年也没有几次，为孩子着想，还是应该更加重视，尽量参加。

相反，从老师的角度而言，难免他们不会抱怨："我们那么努力组织活动，可父母们作为最关键的人物却根本不来参加，那有什么用啊!"因此，我想，或许这些活动未必能达成什么有效的沟通，但至少了让这些活动成为能够提供有效信息的场所，我们家长为了孩子也必须要更加重视。

目前很少有学校能够与家长建立起畅所欲言、自由沟通的关系，这种现状也使得家长们认为学校的活动没什么用，因而不去参加，这样一来情况更是不会有什么改变。因此，如果问参加这些活动能否听到老师的真心话，那的确令人怀疑，但即便是这样，参加活动至少能够向老师表明家长们的一种态度，表明他们很在意孩子在学校的情况。

的确，很多家长都会关心孩子成绩通知单上的评价，但不少家长却对孩子的学校生活本身不怎么关心，我以前也是同样。当然，重视孩子的自主性很重要，但我想对这个问题，无论是老师、家长还是孩子本人，都存在一些误解。

所谓自主性，不是说不论对错，都放任孩子们自己去做，而是应该鼓励对的，矫正错的，这才是培养自主性的正确做法。例如，对排斥同学的问题，在班里分组时可以让关系好的孩子在同一个组。这些事情，如果不加干涉，放任孩子们自己去处理，就会产生欺凌问题。有时也可以随机分组，但老师们有必要密切关注后续情况，引导良性发展。当然，这也要求老师们有相应的能力，抑制不良倾向是很难的。而现实中，大多数学校都是放任不管的，真是现状堪忧。如果不改变这种状态，那么情况会越来越糟糕。

家长们按照自己的价值观、道德观教育自己的孩子，这些孩子在现今的学校生活中是否能一切顺利呢？明确地说，这十分令人怀疑。孩子们之间（或者说在学校里）存在一种强烈的倾向，那就是侮辱性的语言也好、伤人的行为也罢，即使是坏事，只要大家都做的话就会被容许。比如，给同学取侮辱性的绰号，只要孩子们说是被那样称呼的孩子自己也认可了，家长就会轻易接受，认为现在的孩子大概就是这样的。再如，听到孩子们嘴里说出"去死吧"之类的话，大多数老师觉得现在的孩子都这么说，甚至不会去干涉。在这种环境下，大人们特别是老师们会对孩子说："如果只有你对这事感到痛苦，那是因为你太脆弱了。"这样一来，孩子也会认为："是我太脆弱了，我必须自己解决。"孩子自己的价值观被摧毁的同时，也被剥夺了对不正当行为控诉的力量。当时看到清辉的举动，我也对他提了很多建议，但现在想想，当时他应该很想对我说："爸爸，现在情况不同了。"在当时那种状况下，他应该有很多不能对我说的事。

最终，能保护自己孩子的只有父母。我们会希望学校做出改变，也会让孩子去找老师，期待老师和学校能出面解决。我想对老师和学校抱有期待是可以的，但这种期待要有限度。在这个时代，我们做父母的必须有能力判断，在哪个阶段不得不要由家长出面了。

在清辉去世之前，我们就一直在和学校交涉。我强烈感觉到在这个过程中，我弄错了放弃期待的时间点。究竟应该在何时放弃对学校和老师的期待，这也不能一概而论，每个案例都有各自不同的时机，但是作为家长，我们必须随时保持这种意识。比如，如果和对方孩子的家长说什么也没用的话，就有必要及时采取法律手段。

就算家长对孩子说"可以不去学校"，对孩子来说，他们还是最想和同学一起去上学、一起学习的。对那些写信或打电话向我倾诉烦恼的痛苦中的孩子，我也说过"绝不要勉强自己"，但我想作为家长，对孩子说"不要勉强"的同时，更重要的是告诉孩子接下来有什么解决方法。

只是告诉孩子"可以不去学校"是否有用，这取决于是否能告诉孩子之后具体可以怎么做。有些幸运的孩子找到了属于自己的路，不再去上学。虽然存在这样的例子，但我们还是希望教育行政机构能够制定相关方针政策，为无法去学校的孩子提供选择其他方向的机会。如果不能去学校，那么让孩子们去哪里做他们想做的事情呢？例如可以转到邻近的中学，这是一条解决途径。还有没有其他可以接受孩子们的地方？这些问题都是教育行政机构应该考虑的。

拒绝去上学的孩子越来越多，这些孩子因各种原因待在家里。但是，无论是行政机构还是周围的人，都觉得无关痛痒，觉得自己没有责任。也有一些自由学校①，但那些毕竟都是民间团体自行办的，行政机构自身却没有采取任何举措。这个问题中，真正感到痛苦的是像我这样失去了孩子的父母、不能去学校的孩子、受尽欺凌之苦的孩子以及他们的家人。然而纵观教育行政相关部门上下，却谁都不痛不痒。他们只是努力统计出拒绝上学的孩子的人数，制成表格，然后嚷嚷着又增加了、又增加了。

---

① 日语读作"free school"，由个人、民间企业或非营利组织创办的中小学校，接受由于种种原因不去公立学校上学的孩子。读自由学校的孩子大多有被欺凌的经历，或是有学习障碍或发育障碍等。

我想，要解决这些问题，教育行政机构需要指出更加具体而现实的方向，让更多人产生危机意识，产生这个问题需要大家一起去解决的共识。

　　从根本上来看，无论是孩子还是学校，当然还包括家长，都没有充分认识到今日早已不同于往昔。如果不改变对现状认识不足的问题，那么就看不到在痛苦中的孩子们，就会认为这些都事不关己。

　　我们能做的，就是从现在开始思考应该如何去做。我们应该列出各种事例，讨论具体的对策，而不是仅仅说一句"发生了这样的事"就了事，这一点很重要。

6 对如此没有诚意的学校只能起诉

船岛明（45岁）

1994年10月29日，在鹿儿岛县出水市，市立米之津中学初三学生船岛洋一（14岁），于自家院中的树上自缢身亡。洋一是船岛家的二儿子。在那年暑假之前，从学校回到家时，他就多次脸上带着伤，或者后脑勺起了大包。三方面谈时，家长跟班主任说了此事，但班主任没做任何解释，也没采取任何措施。

因为学校始终不承认存在欺凌，洋一的父母向鹿儿岛县律师协会申请法律援助，请他们协助确认侵犯人权的事实。

出水市传说是仙鹤飞来之地，十分有名。船岛家的住宅位于郊外的高野町，离海不远，周围是一派宁静的田园风光，不远处还有一条河静静流过，船岛先生经常带孩子们去河边钓鱼。

因为校方不承认存在欺凌，洋一的父母给他同年级的已经毕业的学生一一写信，请求他们"如果看到了什么或者听到了什么，请一定告诉我们"，从而得到了大量证言。

孩子们的证言中写道："洋一被骂'看到你这老实样儿就火

大'。""在吃饭时间，洋一的米饭或点心经常被抢，还被人用餐盘或笤帚击打头和屁股。××和××对他又打又踢。××和××也打过他。××曾穿着拖鞋踩到他桌子上。××把抹布扔到他的脸上，还推过他。他桌子里的东西被人全部倒了出来。"

还有人写："吃饭时间，老师警告了××，反被骂'吵死了，死老头'，就没再管。"

船岛先生将院子清理了，因为院子里的树会让他想起儿子的惨剧，所以都砍掉了。他说："等到了天国见到儿子时，我想对他说：'洋一，爸爸尽力了。'"

儿子打开家里所有的灯，在院子里的树上自缢了

我家住在郊外，我开了一家（电器）店，就在市里的米之津中学的旁边，所以早上我会开车带着洋一一起出门。在他出事前一周，周一早上开车带他到学校后，我跟他说"那你去吧"，他回答着"那我走啦"，下了车。但是，周二早上开始，在车里他就一直盯着前方，跟他说话他也不应声，一直沉默。不过，因为过去也曾经有过这样的时期，所以我就没管他，让他自己安静待着了。应该是在初二的时候，也有过类似的情况，大概一周左右，洋一一直沉默不语，但那之后他又恢复如常了，跟我打招呼，脸上也恢复了笑容，所以当时我想着这次应该也是如此。

之后又过了一天，到了周三，那天是个大晴天，万里无云。那

一年，鹿儿岛地区一点儿雨都没下。我对他说："洋一，我带你去钓鱼吧，今天一定能钓到。"但他还是完全没有回应。于是我想，看来还是让他自己静一静吧，过一阵子就好了，没再管他。

就这样到了周六，我因为工作去了稍微远一些的福山町，返回途中，路过国分时，大概是 5 点左右吧，我给家里打了电话。因为我有些不好的预感，心慌得很，就在电话里说我不回店里了，直接回家。

回到家一看，家里从浴室到厨房，所有的灯都亮着。到洋一房里一看，他书桌上的台灯也亮着，摊开的笔记本和自动铅笔在桌上放着，所以我以为他是出门去买东西了。于是我把车上的东西卸下来，然后就坐在客厅看电视。不久妻子他们就回来了。大概过了 30 分钟左右吧。

我问了一句："洋一去哪儿了呢？"现在回想起来，大概当时孩子们也都觉得有些不对头吧，大儿子一下就从玄关跑了出去，骑自行车去远处的商店找洋一。之后，小儿子在院子里发现了洋一，用白色的绳子面朝西方吊在院子里的树上。看到那一幕时我简直要疯了，之后我就处于精神恍惚的状态，就这样过去了一周、两周，还是恍恍惚惚的，完全没有思考的力气或者说思考能力。

洋一去世的 10 月 29 日，我打电话通知了班主任，然后班主任独自来到我家，我记得当时他对着洋一的遗体，说了句："今天也是四五个人一起参与'摔跤游戏'……那就是欺凌啊！"之后，经过调查了解到，班主任当时好像警告施暴的学生了，但被带头的恐吓之后就逃走了。

事发第二天的 30 日，班主任和校长一起来到家里，班主任说：

"昨晚我失言了，真的很抱歉。"撤回了前一天他自己说的话。然后，校长反复询问："有没有遗书？有没有留言？"

那时，我问了他们好几次，是不是在学校发生了什么事。但校长很坚定地说："学校里什么都没有发生。"我又问："洋一从学校回来时好几次都带着伤，请告诉我们当时发生了什么，谁弄伤他的？那不是欺凌吗？"校长答道："不算吧。"校方的回应就是咬定不知道之前洋一的伤是谁弄的，也不知道原因。

直到洋一七七忌时，还是同样的答复，因此我再次恳请学校："请把初三学生的花名册和打伤洋一的孩子的名字告诉我们！"但学校只是拿来了学生名册，并坚持说："不知道是谁弄伤的，学校里什么都没有发生。"我就对校长明确说了："肯定是在学校发生了什么！"还告诉他们："如果你们不认真调查的话，那我们就自己调查，我们一定会查到欺凌的事实，并摆在你们面前的。"然后班主任和校长就慌慌张张逃也似的回去了。明明之前班主任在洋一的遗体前说过"那就是欺凌啊"。

校长每次到家里来，都会问有没有遗书或留言。在我们几乎已经被悲伤击垮的时候，为何他还能说出如此伤人的话呢。如果他能坦诚告诉我们到底在学校发生了什么，我们也能更加冷静地接受洋一的死，服丧的心情也会完全不同了。

我哥哥曾在校长室和校长交涉过，当时他问："你们是不是让孩子们写了作文？"校长听了气冲冲地回答说学校没有任何问题，没有必要让学生写什么作文，和我哥哥发生了激烈的争吵。校长还说："请不要说些臆测的话，这些孩子我们都当作自己家孩子一样对待的……"于是哥哥怒气冲冲地来到我家，非常气愤地对我说："那个校长根本不讲理，靠他们事情不会有什么进展的。学校做出那样的事来，所以发生了问题他们也不会认真解决的。"

通过问卷来调查是否存在欺凌的班主任

经过这些之后，在洋一七七忌的次日，我因工作去了一个客户家，听客户说我家洋一曾经告诉过班主任他被欺凌的事。据说洋一被欺凌后，曾找班主任去控诉过，告诉老师"我被欺凌了"。然后，班主任就是否发生欺凌一事，在洋一班里做了问卷调查。结果从问卷中没有发现类似欺凌的事情，就命令洋一在全班面前道了歉。那位客户还说，听说洋一回到自己座位上时曾说过："啊，我完了！"听到这些，我感觉后背发凉。我又想起洋一去世那天，班主任所说的话，决定必须要把真相彻底查清。

洋一头七之后，想到他几次从学校带着伤回来，事发之前又一直陷入沉默，一定是在学校遇到了一些不能跟父母说的事，那时我便想着一定要查清楚。我不是一个会对孩子动手的父亲，妻子也不会要求孩子对家长绝对服从，如果我们是这种家长，那原因还有可能是出在家里，但我们尽管称不上完美，也绝不会做那些事，所以想来想去，原因只可能在学校。

洋一是个温顺的孩子，在家里也是最省心的一个，无论去哪儿都不用担心，不会做坏事，也不给别人添麻烦，是家里最让我们放心的一个孩子。因此，我想这样一个孩子却选择了自杀，那一定是在家庭以外遇到了了不得的事。而且，他们兄弟之间也很友爱，从不互相欺负，思来想去，只能是在外面遇到了什么事。

据说学校做过三次问卷调查。其中，有两次是在洋一生前，让全班同学做的。另一次是在洋一死后第三天，由校长主导，让初中三个年级所有学生一起做的。在以全校学生为对象所做的这次调查问卷中，有一个女生说她写了"洋一同学被欺凌了"。学生本人明明说"我写了"，即便如此，校长和学校依旧坚持说不存在任何欺凌，还告诉我们问卷都处理掉了。

我多次跟班主任说起，第一次问卷与洋一的死直接相关，也是等同于遗书的东西，一次次拜托他拿给我们看看。但是得到的答复都是，因为里面没有发现任何问题，所以已经处理掉了。那可是班里同学写的，可以说决定了对洋一来说最重要的事情，是决定了他生死的东西。洋一就是因为这次问卷才走上绝路的。如果班主任以及学校真的有诚意，就应该拿给我们做父母的看看。那才符合做人的道理。

因为最初我们并不知道洋一的死因，思来想去，想着他是不是因为成绩不好，还是想要自己学习的房间，或是其他什么东西，做了种种猜测，但都对不上号。他去世是在 10 月 29 日，七七忌是 12 月 16 日，放寒假之前。那时我们已经做了一定程度的调查，查到一些事实，要求学校和警方重新调查。

但是，洋一的同学都是初三学生，同班同学以及同年级学生都面临着高中升学考试，到了备考最紧张的时期。考试最早从 1 月就要开始了，考虑到这些，我在 12 月底用文书的形式通知学校，我决定在 3 月底之前暂时中断调查。在给学校的文书里我写道："请学校暂停调查，3 月上旬以后重启。我也会暂停调查的。总之先等高中升学考试结束，之后再重新开始调查吧！"

然而此举适得其反，学校暗中采取措施，疏通好家委会、教育委员会等相关机构，在 3 月前就把事情结案了。据说他们还跟教育委员会报告说，洋一的事情已经解决了，完全处理好了。这些消息通过朋友，从各方一点点传递到我们这里。因为这个原因，我们才在升学考试、毕业典礼都结束后，以书面形式给全体毕业生寄了调查问卷。

之所以等到 4 月才做这件事，是考虑到学生们在校期间恐怕很难说出真相。校长曾经下了封口令，告诫过："如果说出真相，无论对船岛同学一家，还是对学校来说，都是难以接受的。"但是，对我们来说，没有比失去自己的孩子更难以接受的事情了。于是我曾对校长反驳道："校长所说的令我家为难的事，指的是什么呢？学校会感到为难，因为你们隐瞒了真相，这我倒是能理解。"

孩子中肯定也有人领会到了校长的发言就是一种封口令。因此我们才等到毕业典礼结束后才给大家寄信。

篡改欺凌事实的学校

应该是在 2 月 23 日，教育委员会主任、法务分局局长、校长、教导主任、班主任、保护人权的律师以及我和我哥哥还有前家委会会长一起，在市政府的会议室进行了一次会谈。会谈中，校方说："我们做问卷调查，是因为怀疑一名女生被欺凌，并非是因为洋一的事情。"这是学校在篡改事实。在班里做的那次问卷调查，是在洋一生前。洋一自杀后的第三天，还有一次面向全校学生的问卷调查。在出了洋一那么大的事情时，既然同样是欺凌问题，学校为何对其他事件展开问卷调查，而无视洋一的事呢？这完全说不通。

学校还说向洋一扔石头的是他的朋友，然后这位朋友带着洋一去了学校保健室。然而，事实是带洋一去保健室的的确是同班同学中洋一的朋友，但扔石头的另有他人。学校将事实全部篡改了。把扔石头的人和带洋一去保健室的人都篡改了，全都说成是所谓的洋一的"朋友"。就此事我还质问过校长："如果按你们说的都是洋一的朋友，那这位朋友至少要给我家打个电话说一声吧？而且我家的店就在学校旁边，应该会来露个面吧？"

这是后来我们才了解到的，洋一在学校经常被踢，被殴打。施暴者的名字我们已经知道了，其中一人升入了××高中。另外，在学校午餐时间，洋一还经常被同班同学命令去拿餐盘，他的点心还经常被抢。但是，对此班主任却对我们说："不是的，是洋一主动给那个孩子的。"简直就是胡说八道。就像这样，学校的老师们利用所谓的语言技巧，巧妙地篡改了事实真相。扔石头的事情也被说成是不小心打到洋一的。但是，我们从孩子们那里了解到，事实是那个孩子对准洋一的脸从上面往下扔了三次石头。

我们听说班主任见到洋一被欺凌，也去制止过，但是反而被施暴的孩子揪住领口威胁了一番。如果阻止那孩子对我家洋一施暴，那么也会有其他人成为被欺凌的对象，大概是因为这个，老师最终才放任不管的吧。或者是觉得我家洋一能忍耐得了，通过这种不负责任的判断让我家洋一成为防线。除此之外我实在想不出其他的理由。

说实话，通过查看洋一出事当年和前一年的出纳账簿，我们就已经发现少了20万日元。这不是一两千日元的小钱。他们使用暴力向洋一要钱，这不就是敲诈吗？据说他们还有跑腿的。有个孩子告诉过我，谁谁就是跑腿的，我家洋一经常被他收钱。这种关系在学校的说辞中竟然被说成是"朋友"。

学校对欺凌的详情应该已经掌握了不少。所以校长才会在洋一死后，就嚷嚷着"遗书、遗书"的事情。因为一旦出现遗书，他们就不得不处理了。我家直到孩子七七忌，都没有采取任何行动，也没展开调查，学校大概一边暗自庆幸，一边得以将真相掩盖过去。

让我说的话，我觉得家委会本身也很有问题。一个孩子自己断绝了自己的生命，家委会不是应该考虑孩子在学校发生了什么，或者在家里发生了什么吗？这才是家委会原本的作用吧！但是家委会的干部一次都没到我家来过。而且通过各种场合的种种端倪，都可以看出家委会会长在拼命掩盖事情真相。

洋一去世已经很久了，但欺凌依旧存在，学校没有任何改变，保持着与洋一生前一模一样的体制。行政机构和学校，都是毫无改变。

现在我家三儿子也在同一所中学就读。校长威胁似的对我说过："你家三儿子在我们学校吧，真是活泼得很呢。"简直就是在逼我们主动退学。但是，作为我来说，我想着这次无论孩子在学校发生任何事情，我作为家长都必须马上出面。

三儿子在学校还是遇到了一些事情。他戴着隐形眼镜，有4个学生一起朝他的眼睛扔了两次毛球，孩子说很疼。当时我正在大阪出差，接到家里打来的电话，我心想学校到底在干什么，当即向学校要求"先把与此事相关的孩子的家长都叫到学校吧"，并告诉他们"我周日就能回到鹿儿岛，周一下午6点，把那些孩子还有他们的家长都叫到学校"。

校长还是稍有顾忌，他告诉班主任和扔毛球的孩子以及他们的家长，我说会带孩子去学校，到时候大家再一起协商解决。去到学校，我很生气地斥责道："第一，在班里允许扔东西吗？第二，你们可能觉得不过是毛球，但对其他孩子而言，这些毛球很危险。扔到戴着隐形眼镜的孩子的眼里，万一失明了，你们打算怎么办！"我还当场对三儿子说："如果学校允许在班里扔东西，那你也扔，今后不用顾忌，别人扔你的话，你拿什么都行，马上给我扔回去！"学校看到我如此强硬的态度也很吃惊。因为当时我想着就算是纸飞机，扔得不巧也可能会导致失明的。

已经发生过洋一的事情，我想只要孩子在学校有事儿，家长知道之后就应该马上出面。哪怕没有结果，也要毫不客气地对学校和对方的家长做出正确的反击。错的就要认错，对的就要坚持到底。除此之外，目前我还没找到其他的解决方法。

后来，店里的店员告诉我，看到有一个孩子浑身是泥哭着回家了，我马上就给学校打了电话，对教导主任说："有个孩子黑色校服上印满白色的泥脚印，哭着出了学校，请你们认真查明事情真相。"但是，次日教导主任过来对我说："那个孩子摔倒沾了一身泥，才哭的。"又是胡说八道。自己摔倒了这种谎话根本就说不通。

看到学校老师们的这种态度以及处理方式，我认为他们写"事故报告书"时唯一考虑的，只有如何保护他们自己。他们从来不想查明真相，不想从根本上找出哪里存在欺凌，只想着不出事就好，事情平息了就好，得过且过。对学校，我只能得出这种结论。

我们都认为完美的父亲、完美的母亲，是不可能存在的，但老师们却想着要塑造完美的老师形象，绝不会让人看到自己的弱点以及缺点。我一直在想，为什么学校要如此追求完美呢？

孩子们中，有欺负别人的，有被欺负的，欺负人的一方肯定尽量隐瞒，不让大人知道。尽管如此，和他们在一起的人还是多少能看出来的。因此老师们大多数情况下，实际上是知道存在欺凌的，但他们即使知道，或者说不小心知道了，大概是考虑到处理起来很棘手，也会选择视而不见。一旦出了事就用"我没看见啊""竟然发生了这样的事啊"之类的话来逃避责任。

无论在城市还是农村，欺凌自杀都在发生

儿子去世一个月之后，我看到大河内同学自杀身亡的消息，当时我就想着果然欺凌还在发生啊。和洋一的事情发生之后一样，我心中几乎确信那是因为欺凌。当然，不调查的话我们就不明白洋一的死亡真相，不明白洋一为什么会死。因此，一定要调查清楚。

洋一的事，我们通过孩子们了解情况，并逐渐查明真相。在此过程中，我感受最强烈的是，欺凌者多是感觉自己没有容身之处的孩子。他们中的很多人有自己的苦恼，比如在家里不被重视等等。而被欺凌的孩子大多比较老实，口风很紧。实施欺凌的孩子会找寻那些即使勒索金钱也不容易暴露的目标。成为目标的孩子是被挑选出来的。

洋一去世那天，我工作结束得比较早，如果想 3 点前回家的话本来是可以回去的。但是我在客户家待到 4 点左右才回去。我一直在想，如果那天早回去一会儿或许就能救下洋一了。偶然在客户家

多待了一个多小时，洋一的生命就停止了。这是最令我后悔不已的事。

但同时我也在想，孩子被欺凌，父母究竟能不能发现呢？那天即使我早回家救下了洋一，但第二天、第三天又会发生什么？可能还是难以预料。如果孩子能告诉我们他遭遇了欺凌，我想应该会有办法解决的。把对方那些孩子的家长叫出来，然后应该能找到解决办法的。

洋一弟弟的情况是，欺负他的孩子本来和他在同一个班，不过上了二年级之后那些孩子都被分到了其他班。这应该是由于校长的考虑。法务局提出的见解好像给了学校一些启示。法务局分局长曾说过："我们已经提醒学校，在发现存在欺凌之后，学校应当立刻纠正。所以，船岛先生，请放心吧，会越来越好的。"校长仍是洋一在校时的那位，但这次，他开始采取不同的对策了。

现在想来，如果孩子身上出现了一些与平时不同的征兆，哪怕极其微弱，那么即使是让他请假不去上学，也应该先和他好好谈谈。要创造和孩子在一起的时间，不是着急找出答案，而是深入听听孩子的心声，我想这是最重要的。原来我一直以为校园欺凌是在城市里才会发生的，在农村不存在。失去儿子之后，我才第一次认识到，校园欺凌无论在哪里都有可能发生。

老师是一群很不可思议的人。据说老师的孩子被欺凌时，他们很快就会发觉。学校的老师们，对于发生在自己孩子身上的事情，能立刻察觉到。听说发现之后，他们会很严厉地斥责实施欺凌的孩子的父母。这就说明老师们对校园欺凌有着很明确的认识。因此，在自己的孩子被欺凌时，他们才能从一些征兆中迅速察觉到。

但是，这些老师又会对其他孩子的父母说，学校里不存在欺凌。所以一般的父母就会在认为学校不存在欺凌的前提下行动，其结果便是大多数情况下父母察觉不到欺凌，或者察觉到时也往往为时已晚。

孩子们即使实施了欺凌，在学校也不会被定罪，所以他们打了人还很坦然。因此，我家孩子出事之后，学校还发生过类似的比较严重的事件。有的孩子被殴打至昏迷，有的孩子被打到抬进医院。学校对这类事情一味掩盖，会导致恶劣的结果：施暴者更加张狂，认为可以在学校随意施暴。

那个被打到昏迷的孩子曾是洋一的朋友，所以我去见了他的父母。老师告诉他们，孩子是在柔道部进行柔道训练时昏倒的，说："就是稍微昏迷了一会儿。"孩子父亲最初完全没有怀疑，以为就是老师说的那样。但是，后来听孩子奶奶说孩子身上有青紫的伤痕，才怀疑孩子是不是在学校被欺凌了。和儿子谈过之后，终于了解了事情的真相。原来，孩子被当作沙袋打来打去，打到口吐白沫倒在地上，那些孩子就把他搬到教室里让他躺着，老师们却丝毫没有介入。据说孩子脸上甚至还被画上了大便的图形。了解到事实真相后，孩子父亲到学校大发雷霆，让实施欺凌的孩子每天早上都来道歉，这样做之后自家孩子就再也没被欺凌过。那个孩子现在已经上高中了。

我们把洋一遭遇欺凌的事投诉到人权保护委员会，于是法务局就出动了。但《南日本新闻》却报道"没发现欺凌"。我们向川内分局的法务局和鹿儿岛法务局提出异议，问"没发现欺凌"是什么意思。法务局回答说是没能认定存在欺凌。他们说因为学校不提供信息，所以对于是否存在欺凌，无法认定。

我的投诉内容针对的是洋一的人权是否得到了保护。因为我认为即使洋一已经去世了，这也事关一个人的人权。更不用说还有其他活着的孩子的人权，更需要去保护。然而，法务局分局长却对我说："在出结论之前，能不能就到此为止？"

我想我们只能提起诉讼了。面对如此毫无诚意的学校，为了我家孩子我必须全力以赴，而我能做的或许只有起诉了。我要把能做的都做完，然后再从头重新思考家庭的事情。我不能一生都为了洋一全力以赴，必须在某个节点做个了结，不然对家庭、对其他孩子都不好。

洋一出事的大约两年前，有个孩子因为触碰鹿儿岛本线铁路的高压线而死了。那也是校园欺凌事件，却以事故死亡结案了，学校应该没做任何调查吧。听说那个孩子的父亲在儿子死后，完全打不起精神打理事业，就像得了梦游症一样精神恍惚。

孩子的教育，究竟是什么呢？是告诉他们弱肉强食，强者获胜，是好是坏都没关系，就是强者获胜吗？我们只教育自己的孩子要做个正经人，不要给别人添麻烦，然而当我们的孩子被那些坏孩子欺凌时，马上就撑不住了。

家长必须要毅然不屈。在家委会集会时，父母们对洋一的事情提出了意见，但是会长却说已经超过规定的时间了，有意见的人请到校长室去说吧。这明明是大家最关心的事，却只让有意见的人去校长室。

这样一来，我们只能认为家委会的干部和校方是事先串通好的。而且要去校长室也需要勇气。某种意义上来讲，这就是一种让人们踩踏圣像①的行为。从中能感到一种强烈的意图，那就是通过这种办法，将家委会全体家长的问题缩小为少数家长的问题。现实就是，试图这样做的人正是家委会的会长。我想我们应该成立保护孩子的家委会，发现校园欺凌时能够直率地对学校发声。因为有了孩子才有家委会。

　　学校至今依旧不承认存在欺凌的事实，也没有谢罪。没有遗书，是最大的原因。

---

　　① 日语写作"踏絵"。日本江户时代，德川幕府禁止基督教，命令基督徒脚踏圣母马利亚或耶稣的圣像，证明自己已经叛教，违者处刑。

7　这是集体私刑，并非所谓的"不过是欺凌而已"

的场孝美（46 岁）

　　1995 年 4 月 16 日，福冈县丰前市靠近大分县的一个山村，的场家的长子、初中二年级学生的场大辅（13 岁）在家中自缢身亡。"这不是自杀，是他杀!!"用红色毡头笔写着上述内容的字条被报道出来后，给社会带来巨大的冲击。角田中学是一所很小的学校，全校学生加起来只有 107 人，教师和父母本应该很容易关注到学生的方方面面。遗书中写着施暴的高年级学生和同年级学生共计 9 人的姓名。

　　从山里的小学升入相距 4 公里远的市立角田中学的，只有大辅同学一人。他的梦想是初中毕业后考进高专①，成为一名建筑师。

　　欺凌从大辅初一时就开始了。他曾给家里打电话说上学骑的自行车爆胎了，于是父亲孝美先生开车去接他回家。其实车胎是被人放了气。

　　篮球部的学长命令大辅唱校歌，并殴打了他。事件发生后，只有主犯学长的案件材料被送交检察院，学校坚称"没注意到有欺凌行为"。孝美先生加强语气说："这可是死了一个人啊！"

起诉放任校园欺凌的学校，这在小山村会掀起巨大的风波。至今，还能听到背地里有人说闲话："他家都拿到保险金了吧。"这是被欺凌至死的孩子的父母，受到整个地区的欺凌。

保存在电脑软盘里的遗书

这个年级，从大辅就读的小学升入这所中学的，只有他一人。上一级有三人，下一级也有三人，只有大辅这一级，很偶然只有他一个人。报纸上的报道推测大辅大概是因此被孤立了，但我想其实不是这样的。角田有保育园，当地的孩子都会进入那所保育园。从保育园毕业后会分流升入两所小学，然后升入中学时再次合流。从小学时代就有孩子和他互寄贺年卡，所以虽然从同一所小学升入这所初中的只有他一人，但他的状态一直是很开心，想着这样反而能交到更多朋友。所以对此我从来没有担心过。

成为初中生后，大家也许会笑话他，"乡下人、乡下人"地叫着戏弄他吧。我想他可能遇到过这类事情，但因为都是朋友，我就没太担心。

从我家去学校是一路下坡，骑自行车大概需要 15 分钟左右。从学校回家则相反，是一路上坡，所以会慢一些。篮球训练都是在周六。周六上午要上课，一般 12 点半左右下课，大辅中午会回家吃

---

① 即高等专业学校。

饭，然后再去学校练习篮球。训练从下午1点半左右开始，因为中间要回家一趟，所以时间很紧张，何况还要在家吃完饭再去，我想大辅下午的篮球训练常常会迟到吧。尽管如此，学校的"事故报告书"中还是写着大辅篮球训练容易迟到。我想那不是当然的吗？适当考虑一下他的实际情况就能理解了。

我开车载他去学校时经常在路上把他放下。他说过："爸爸，你把我送到学校就好了。"我问："为什么呀？"他回答："因为迟到的话会被学长训斥的。"于是我就说："胡说，咱家离得远，迟到也是没办法的呀。"现在想想，如果当时我直接送他到学校的话，那孩子就不会被责骂了，我真是对不起他！

因为当时我不了解情况，孩子在学校应该吃了不少苦头，我真是觉得对不起他。当时我只是对他说："你从这儿跑到学校的话，身体会得到锻炼的！"

班主任到家里来了很多趟，但他只是说没注意到发生欺凌。还说只记得大辅的笑容，只记得他开朗的模样，光说了一些这样的话。

老师可能是没注意到，作为家长，我自己也一点儿都没察觉到儿子被欺凌，实在是太不像样了，太对不起孩子了！其实之前孩子有几次在学校弄脏了衣服回来，我问起来，他也只是说摔倒了，或者沾上粉笔了之类的，绝不会对我说他是被同学欺凌、被打了，才弄脏了衣服。孩子一直不说，我就没能看穿他这种状态背后的真相，相信了他的说法，只是对他说："是这样啊，那以后可得小心啊！"

现在回头想想，那时确实也是有一些迹象的，有时他状态不对，有时又没什么精神。孩子应该是不想让我担心，所以故意装得很开朗。我以为老师应该也和我一样，现在回过头来想想的话，会想起一些异样的事，但我问了老师，他却说完全没有。

有一次大辅给我打电话说："自行车爆胎了，你来接我吧。"我当时完全没想到与欺凌有关，还帮他给车胎充了气，让他第二天继续骑车去上学。当时我问他："好像不是爆胎啊？"他答道："不是。"然后就没再说什么。那次应该是被人放了气。自己的孩子明明被欺负了，我却没有察觉，还给他充好车胎气，对他说："骑着去上学吧！"没能多跟他说些其他的话。大辅什么都不说，我也很快就把这件事情忘记了。后来想起来，我只问过他一句："之前是怎么回事儿？"他回答："太好了，好像不是爆胎。"这件事就这样平息了。其实是发生了校园欺凌，大辅是被人欺负了，我真是想都没想过。

现在想想，应该是在大辅初二之后，4 月 11 日学校组织的郊游结束后，他就没什么精神。他也不看电视，经常自己一个人关在房间里。那时我还想："真是少见啊，这孩子连电视都不看了，开始学习了。"完全没多想。

之前，大女儿考上高中时，我给她买了音响庆祝她升学。大辅说："我也想要。"我就说："好好学习，考进前 5 名，我也给你买。"我还以为是因为我说过这话，大辅开始拼命学习了，进入初二后和以前大不一样了。当时我只想到了这些。现在再回头想想，其实，那段时间他是在写遗书吧！

你好吗？当你读到这封信时，我想我已经死了。可能你会认为我很懦弱，不过是遇到点儿欺凌就要去死。是的，我是很懦弱。但是，你可能认为"不过就是欺凌而已"吧，但不只是欺凌而已。从某种意义上来说，比集体私刑还要痛苦。如果我还活着，我想我会先把初三的那些家伙都杀死的。大家可能都认为我比较弱，但实际上我有自信，能和 A、B、C、D 势均力敌地打斗。我一直都手下留情了。大家都把"杀死"挂在嘴上，他们真的能杀人吗？我想我能。我不怕死。甚至还很期待。死的时候会有点儿疼吧？不过就是如此而已。一直以来，承蒙关照了。

（保存在电脑软盘里的遗书）

为何公布遗书

据说大辅曾向能吐露心声的朋友坦白过被欺凌的事。那个朋友听完说："我去告诉老师吧。"他说："我能忍，你不用那么做。"他好像还说过自己已经习惯被打了之类的话。

从初一放春假开始，大辅就再没去参加过篮球部的训练。他说篮球部也放春假了，我还对他说："这样啊，那你就好好学习吧。"当时如果我跟学校确认一下就好了，这件事我一直很后悔。上了初二之后大辅也没去参加训练，早早就回家了，我觉得有点儿奇怪，就问他："最近篮球部没训练吗？"他说："今年班主任换了，篮球部的教练也换了，这次的老师完全不懂篮球，还在适应，这段时间训练都停了。"当时听了，我也觉得有点奇怪，后来才知道其实训练一直没停过。4 月 16 日早上，大辅对我说他想退出篮球部，我回答说："都已经坚持了一年了，有点儿可惜呀。"我想着上了初三之后，篮球部的训练最多也就是到暑假，暑假之后就是想去也没有了，就劝他:"最多也就几个月了,再坚持一下吧。"大辅"嗯"了一声,这件事就此结束了。

事发之后,我们去找学校,说孩子在学校受到欺凌,请他们调查施暴者。尽管我们提出了要求,但学校从来没有正式跟我们报告过究竟发生了什么。当时之所以去请求学校,是因为我们自己没有办法调查。但是尽管我们委托了学校,学校也到家里来过两三次,可他们说的内容却是我们完全不能接受的。没办法,我们只能公开了孩子的遗书。

此外,校长也写过意见,大约一两页纸长短,但里面并没有什么实质性的内容。之后,学校就没主动向我们出示过任何东西。

第一次看到调查报告时,我的感觉就是怎么只查到这么点儿内容,于是多次去找学校,告诉他们肯定还有很多事情没查清。但学校坚持说已经调查清楚了,没有其他的事情了。那就成了最终的调查报告。虽然学校说今后再有什么情况会继续跟我们报告,但自那以后学校没再做过任何调查。即便是这份老师做的调查,也不知道孩子们说的是不是真话。之后,警察也叫孩子们去询问情况,因为是未成年人,询问时必须家长在场,所以孩子们是否说了实话,我还是有些怀疑的。最终,孩子们究竟说了多少真话,不得而知。

过了相当长一段时间之后,学校才把调查报告交给我们,所以我也怀疑这期间他们是否动了一些手脚,无法信任学校的感觉越来越强了。事件发生之后,学校马上就让孩子们写了反省文章,或者说是作文。我请求学校将那些作文给我们看看。最初他们到我家来时,拿来了作文的复印件给我看,但并未留下,离开的时候又带走了。他们只是将复印件带来并告诉我："这就是那些作文，你看看吧。"当时孩子刚刚出了事，我心情还未平复，只是快速翻了翻，大致看了一下，没能沉下心来仔细通读。

我重点看了儿子遗书中提到的那几个孩子的作文，那根本说不上是反省文章，只写了一些老套的话，比如"没注意到"之类的。文章里只有这些让人火大的内容，所以当时我就大致翻了翻。而且我也没看其他孩子的作文。过了一阵子，稍微平静下来之后，我又联系学校希望能再看一遍，但这次学校很是不情愿，说是涉及隐私不能给我看。

……在初三学生面前要听话，不能说话，不能顶嘴，大辅同学为了逃避这种痛苦，一直躲着初三学生。但这反而让 E 觉得自己被无视了，就越来越针对大辅同学。

这种行为，在毕业典礼后升级了。因此，春假期间大辅同学只参加了一次篮球部的训练。那天也是校园开放日，E 偷偷玩被教练和老师禁止的游戏时，强迫大辅同学帮他放哨。新学期开学之后，篮球部的训练，大辅同学一次都没去参加，他还多次对好朋友说"我想退部"。在 13 日或是 14 日，他特别明确地表达了自己的意见，4 月 8 日，他写了遗书，我们认为他应该是在对学校的状态表示抗议。

在篮球部活动中，如果比赛输了，作为惩罚，就要做自我介绍以及唱校歌，大部分情况都是经过大家同意的。分组时两组水平相差很大，大辅同学一般被分在弱队里。输了比赛，"被绑在柱子上当靶子"也是惩罚游戏的一种，这种游戏早就有，但在 E 成为队长后，扔球和踢球的距离变得更近了。几乎全部初三的学生都参加了惩罚游戏，没有人劝阻 E 的行为，周围人的这种反应越发滋长了 E 的气焰，也进一步将大辅同学逼入困境。

大辅同学升入初二之后，因为教室和初三相邻，和 E 见面的次数更多了，E 把大辅同学叫出来的次数也增加了。课间休息时，E 在走廊里强迫大辅同学打招呼，还经常把他叫到初三的教室里，让他对自己以及其他初三学生都一一打招呼，并训斥他"好好打招呼""态度太差了"等。

4 月 11 日学校郊游时，E 让 F 把大辅同学叫过去。第一次，E 训斥大辅同学："你太吵了，我不想听到你的声音，闭上嘴。"然后就让他回去了。第二次叫来之后，E 问他："你说了我的坏话吧？"大辅同学回答："我没说。"问完之后，E 打了大辅同学的肚子，然后命令他"唱校歌"。大辅同学被迫哭着唱了校歌，唱完之后 E 说"可以了"，大辅同学刚要回去，E 又训斥"谁说你可以走了"，把他叫回来，又让他等了一阵子。E 最后交代他："把脸洗洗，闭好嘴别对其他人说。"这才放他回去了。

在此期间，和大辅同学一起的初二学生问他发生了什么，大辅同学一开始没说，第二次被叫去回来后终于说了。之后，E 在篮球部的更衣室里，对着其他初二的篮球部部员说："我打了他，让他唱了歌。"

那以后，E 经常把大辅同学叫出来，大辅对好朋友诉说过自己很痛苦。朋友说："我告诉家长吧。"但大辅同学回答："不用了，我还能忍。"他一直在忍耐。对欺凌行为就这样一直忍耐着，应该是大辅同学在勉强维持自尊心吧。另外，他对我们老师的失望和不信任是根深蒂固的，他可能有着强烈的担忧，担心告诉老师的话情况或许会变得更糟糕，所以他才谁都没告诉，一直强忍着吧。

出事前一天即 15 日，在扫除时间，E 让 G 把大辅同学叫到3—1 教室，强迫他对初三男生打招呼，并对他有过暴力行为。自大辅同学升入初二之后开始的这些欺凌，应该是导致他自杀的直接原因。

遗书中提到的其他学生，尽管对大辅同学没有施行过肢体暴力，但会把他团团围住，强迫他打招呼，这对大辅同学来说构成了巨大的压力。另外，其他初三学生中没人出来阻止，也没人站在大辅一边，可以说他们也是欺凌的帮凶。大辅同学对初三的篮球部成员以及其他初三男生一直很愤怒。这种状况下，他是用自己的死来表达抗议，控诉学校里日常存在的欺凌，呼吁重建"没有欺凌的学校"，我们要理解到他死亡的深刻意义。

（《发生在的场同学身上的"校园欺凌"的原因与考察》，

角田中学，1995 年 5 月 13 日）

E 的说法如下。

我和的场同学见面的次数从初三开始多了起来，我觉得他一直在无视我（可能是因为他不愿意和我打招呼）。

我们当初刚入学时，高年级学长也让我们打招呼，所以我想要延续下去（打招呼）。

　　的场同学没看到我或无视我的时候，我会提醒他注意。提醒他注意的过程中，会上火，就开始动手了。

　　我提醒的场同学要好好打招呼，但他还是不照做，所以听到隔壁教室传来他的声音我就觉得很烦。为了让他沉默，我就说了闭嘴。

　　其他初三学生也没人阻止我，如果有人告诉我一声，或许我就停手了。

对方孩子曾有两次欺凌先例

　　老师出面警告过摔跤游戏的事。老师说："我告诫过他们，让他们以后不要玩这个，后来再也没看到过，我就认为他们已经停止玩这个游戏了。"这是老师出面制止过的唯一的行为。

　　初一教室后面有相当大一块空地，据说班里的同学经常在那里玩摔跤游戏。摔跤游戏中，大辅总是被块头大的孩子摔，我想他本人应该是很讨厌这个游戏的，而且是很痛苦的。记得我自己上初中时也和大家一起乱打乱闹，所以就没把这游戏想得很严重。对方那个孩子，我后来一看，块头比较大，我想大辅和他摔跤时肯定很吃力。不过我想那些孩子应该没有这种感觉，他们大概只把它当作一种玩耍的方式吧。

　　说实话，不把痛苦表现在脸上的话，对方可能会注意不到，只觉得就是大家在一起玩儿。但是，大辅总是被摔的一方，我想如果对方能稍微理解大辅的痛苦就好了。为此，大辅好像也跟对方说过一次，不过说是说了，并没有很强烈地提出抗议。

老师也看到他们在玩摔跤游戏，说"快停下"，制止了他们，但没觉得那是欺凌，只觉得是过激的游戏。大辅身高 150 厘米左右，刚进初中时个头很小。他还说过，因为自己个子小，所以要进篮球部，经常跳跳就能长高了。听他本人这么说，作为家长的我也鼓励他说，要想长高得多喝牛奶、多打篮球。没想到结果竟事与愿违。就这样，老师们也没觉得摔跤游戏是欺凌，孩子们自己也觉得这只是一种游戏而已。但是，后来确定了有一个强迫大辅参加游戏的人。

施暴者说完全没想到自己欺凌的对象会自杀，再加上现在他也在反省，所以家庭法院的判决只是给了他将案件材料送交检察院的处分。

但是，那个孩子在初一的时候就欺凌过同班同学。对方家长发现后找到学校，学校也做出了处理，解决方式是让那个孩子道歉了。

然后，那个孩子在初二的时候又打了别的同学。这次也是被打孩子的家长发现之后告诉了学校，然后学校带着打人的那个孩子和他的母亲一起去了受害者的家里道歉。虽然事情就这样解决了，但两次打人事件都是同一个孩子引起的，那么学校到底是怎么教导的？如果当时学校认真教导施暴者的话，我家孩子的事不就不会发生了吗？想到这些我就觉得愤恨不已。

那个孩子的母亲来我家时深深低下头道了歉。不过听说在家里那个母亲比较强势，父亲比较老实，这样的家庭好像容易产生各种问题。① 孩子会将在家里积累的压力带到学校里发泄。"我们没教育好孩子，真的很对不起"，那个母亲给我们道了歉。但是事到如今，道歉也是无可挽回了，我家孩子再也回不来了。

不停辩解，始终不认罪的家长

遗书被警察拿走了，然后警察给了我们备份文件。我们当时就把备份拿给学校看了，学校拿去拷贝之后，马上就还给了我们，说因为那是很重要的东西。这是在我们将遗书公布之前很久的事。大辅死后我们立刻将遗书交给了警察，当时警察也给校方看了。遗书里列出了实施欺凌的孩子的姓名，几月几日被打了等，这些具体的细节需要学校调查清楚。这些调查，学校还是在做着的。

具体情况真的是慢慢地才调查清楚的。学校最初只是对我们说，去郊游时大辅被打了。我追问："不只如此，应该还有其他事情吧？"然后学校又开始慢慢地调查。我想他们应该问了很多学生，但是学校没有把调查资料拿给我们看，只是跟我们说了个大概。大辅还在遗书里写了自己想做这样那样的事情等等，我以为学校已经了解了这些内容。但在我们公开遗书之后，学校又向我们提出想再看一下遗书。我询问原因，学校说："我们想拷贝一份，之前没有拷贝。"

原来之前学校只是拷贝了遗书中写着欺凌者名字的部分。我们明明把遗书的备份文件全部借给学校了，可学校并未全文拷贝。后来我公开了遗书，教育委员会看到后向学校求证是否发生了这样那

---

① 编者认为这种观点没有什么依据。

样的事情，学校只能说他们没有拷贝遗书的全部内容。事情的缘由应该是这样的吧。所以学校才又来到我家，请求我们再让他们看看遗书。一开始连遗书的全部内容都不拷贝，然后迫于其他压力又来找我们借，学校的这种态度、做法和解决问题的方式都让我感到无法信任，无法理解他们在想什么。

那段时间，我们自己也无所适从，不知道该做什么、该怎么做才好。但学校更是恶劣，真的就只是嘴上说得好听。当我们问到这件事情进展如何了，他们就会说我们马上开始调查，问到那件事情怎么样了，他们也是回答马上就调查。我们说什么他们才会做什么，似乎并没有做好一步步调查的计划。事到如今再要求学校召集起学生来调查，也没什么用了吧。

我问篮球部的队长为什么要欺负我家孩子，他回答说是因为想让篮球部变得更强，想让大辅篮球打得更好。但我觉得这些都只不过是借口而已，就责问道："殴打大辅，和让篮球部变强有什么关系？"一般来说，要想提高篮球部的水平，那不是应该加强练习吗？比如棒球部的话，有练习击球一百次之类的训练。篮球部应该也一样吧，练习运球啊投篮啊，那才是正常的训练吧？在我的大声责问之下，他说不出话来了。我想他应该没想过自己对大辅做的那些事会导致大辅自杀吧。和他一起来的他的父母只是低头道歉，说着实在对不起。

学校跟我们提出过，想让遗书里列出名字的家伙来给我们道歉，我们一直都是拒绝的，告诉学校我们不想见他们。但后来有一位第三方人士建议说，对方想要道歉表露了他们的诚意，如果我们一直拒绝也不太好。我们以前也考虑到这些，便想着既然如此那就见见吧。但是，见面之后，对方只是不停地辩解。

"我家孩子只是在旁边待着"，"孩子只是碰巧在场"，"不知道为什么会有我家孩子的名字，我们已经问过他了，他没做过和您孩子自杀有关的事情"，等等，他们只顾着为自己的孩子开脱。我当时想，如果早知道是这样，如果他们见面就是要说这些，那还不如不来。

9名家长是一起来的。而且，孩子们自己不说话，都是家长在拼命辩解。因为对方一直说这些，我就问那些孩子："我不知道你们是不是动手了，但在大辅被欺凌时你们为他做了什么吗?"他们什么都没做，既没有动手，也没有帮助大辅。

之后，校长来我家时，又问起那些孩子来了没有。我就回答他："来是来了，但大家都只是为自己辩解。"校长说："啊，那真是太抱歉了。我已经提前跟家长们说过了，旁观者和加害者没什么不同，我以为他们已经理解了。这样的话那我再把家长们集合起来，再跟他们强调一下。"无论校长对家长们说也罢不说也罢，我想对方既然是这样的想法，我便要求学校："不能只告诉我们除了E还有几人在场，请你们调查清楚详细状况，告诉我们具体谁和谁在场，都做了什么。这样，我们才能清楚该怎么和对方谈。"然后，学校才着手进行"事实确认报告"里的那些调查。

对其中一人做出保护观察处分了事

随着对事件的了解加深，我发现老师们经常选择视而不见。几乎所有事情上都能看出学生与老师之间几乎不存在信任，学生们认为即使把事情告诉老师也没什么用。据说就连在报告会上，学生们所读的他们写的关于欺凌的作文，都是按老师的意见修改过的。老师对学生的作文提出这样那样的修改意见，作文经过修改才得以公开。据说学生们自己的意见都得不到采纳，我想他们也很焦急吧。学校举办文化节时，家长也去参加了，报社还去做了采访。据说学校一直都拒绝媒体的采访，因为办文化节才接受了。

所以，学校考虑到自己的体面，才让学生们对作文做了很多修改吧。我也是听孩子们说的，学校让他们改作文之类的。而且听说和写作文一样，孩子们提出他们想要把这些话说出来，也被老师制止了。看到学校这样的处理方式，我感觉他们试图要淡化大辅的事情，尽管他们嘴上说着绝不能让大辅事件就此被淡忘。应该怎么说呢，太多事情都能看出来，学校的所作所为都是优先考虑到自己的，只是一味顾虑学校的体面啊面子啊之类。

昨天，老师说"因为是大辅同学的月命日①"，所以到我家来了。但来了之后，也没有特别提与大辅有关的话，只是告诉我们现在学校里在做什么之类的。不管怎么说我家孩子已经去世了，现在再说这些又有什么用呢？这么说可能不太好，但我们只能用这种冷淡的眼光来看待学校，这就是我们真实的感受。

但同时我也在想，为了不让大辅死得毫无意义，学校现在所做的就够了吗？这些对消除校园欺凌真的有用吗？学校一直说自己在拼命努力，但这些做法能恢复和孩子们之间的信赖关系吗？

媒体到我家来采访，问起"学校都做了什么"时，我也无法回

---

① 月命日即每月的死者去世的那一天（忌日除外）。大辅是4月16日去世的，除4月之外每月的16日就是他的月命日。

答。学校自己宣称"我们在努力调查"，如果我说"报告书也没给我们，学校什么都没做"的话，恐怕学校会很为难吧。所以我们一直请求学校将调查情况告诉我们。学校给我们罗列了几条改善措施，我们看了也只能大致了解学校在做什么，但是每一条的具体内容，学校从来没有跟我们说过。

最终，只有一个孩子被给予了保护观察的处分。其他的旁观者因为没有动手，所以依旧正常上学。大辅的事情这样就结束了吧。校长也只是被给予了训诫处分。前面提到的班主任和篮球部教练，可能也是被训诫吧。

我的感觉就是事情就此了结了。教育委员会主任来跟我们说，并不是说事情到此就结束了，我们会继续致力于解决校园欺凌这个大的课题。但对于大辅的事，虽没有明说，我想他们内心应该觉得已经结束了吧。

在福冈县，其他地方也在发生欺凌自杀吧。我一直在想，对于这个问题，学校和相关部门究竟做了怎样的教育指导，是否做出了正确的处理呢？明明死了一个人，但我总感觉他们对此并未特别重视。

时至今日，回头想想，其他的学生也是，只是一味把责任推到那一名学生身上，认为都是那个孩子一个人的错，自己没有错，所以他们的材料没被送交检察院，也没有其他处罚。当然，警察有警察的考量吧，法院也是，说是因为孩子们已经充分反省了，所以他们才做出这种判决的。

说是这个地方的民风可能不太合适，但是在这里，人们都认为最好不要旧事重提，不要掀起风波，等待一切都悄悄平息。这种想法非常普遍。我想，这样是解决不了校园欺凌问题的。

　　据说记者申请采访家委会的干事时，得到的答复是："到现在还有什么可采访的呢？"这种回答本身就很奇怪。如果那个干事对我家有什么意见可以直接告诉我们，但他对采访似乎很抗拒，表现出一种为什么事到如今还来采访的态度。

　　有议员在发言中将这件事称为丰前市之耻，但我们从没说过希望在议会上讨论这件事，不过是大辅去世之后刚好要在 6 月召开议会。一位记者对我说，议会开始之前，就提前说好了要压住欺凌的话题。在议会上，这个问题好像并未被重点提出。

8 老师在学生面前声称"自杀是因为他自己软弱"

秋叶治男（43 岁）

　　东京都北区，1995 年 7 月 10 日凌晨，私立骏台学园高一学生秋叶祐一（15 岁）从自家附近的公寓跳楼自杀了。祐一是家中长子。对遗属所控诉的校园欺凌，校方拒不受理，并断言"自杀原因是学生本人的家庭问题以及其对成绩的担忧"，随后校长就去国外出差了。祐一的父亲秋叶治男先生，积极发起了"校园改革"的签名运动，并到处发放传单，迫使校方承认了欺凌事实。

　　祐一是从 13 楼跳下去的。从公寓楼 13 楼的逃生楼梯探头往下看，高得令人目眩。他先割了手腕，但没有死成，便来到这里跳了下去。私立高中的新生本应充满梦想，而他感受到的绝望和恐怖，正是来自学校。

　　祐一自初中开始就喜欢打棒球，升入高中后，满怀希望地加入了软式棒球部，没想到这个社团内部暴力横行。高年级学生常常把活动室的灯关掉，强迫低年级学生跪坐着，用脚踹他们，用球棒击打屁股，还会让他们在水洼里做滑垒动作，甚至强迫他们吸烟。

祐一学习的房间里，柜门上留有拳头击打的痕迹。想到儿子的悲愤，治男先生说："把儿子教育成一个正经人难道错了吗?"之后便沉默了。

祐一已经准备好了退部申请书，但害怕遭到报复就没有提交，选择从13楼纵身跃下。然而，事发当天，学校方面没有采取任何应对措施，别说全校大会了，就连班级讨论都没有。

儿子因恐惧未提交退部申请

7月10日，早上起来，祐一就没在家。听到妻子说"祐一不见了"，我们就在家里到处找他，在西式房间里发现了一个装着血的塑料瓶。那是祐一割了手腕后用来接流出的血的。后来我们才知道，孩子手腕上有两处浅刀口，还有两处割得很深的刀口。应该是流了两三个小时的血，但还是没死成，所以孩子就去我们家旁边的公寓，从上面跳了下来。要是孩子去跳楼之前能喊两声"好痛啊，好痛啊"就好了，我们就能听到了。至今想起这些我仍然懊悔不已。

这所高中并不是我和他妈妈替他选的，而是他自己决定要上的。初三暑假，祐一已经到了不想和妈妈一起出门的年龄了，我刚好休息，就利用周六周日两天带他去看了几所学校。祐一自己选定了骏台学园高中，不是因为参观了校园，而是看了学校介绍后决定报考的。顺利被录取后，祐一还很开心地说："啊，太好了!"结果，入学之后才发现，这里跟他原来想的截然不同。

距离中考还有 3 个月的时候，祐一刚好到了青春期，再加上中考的压力，有些情绪，所以我那段时间经常跟他聊聊他的烦恼和不安。

　　从初中开始，祐一就加入了学校的棒球部。初中读的是我们家附近的公立学校，尽管祐一一直是"替补队员"，但还是在棒球部待了 3 年。那所初中的棒球部实力很强，祐一待在社团的 3 年，棒球部甚至打进过全东京都联赛的决赛。祐一升入高中后，我们也聊过高中要参加哪个社团。

　　我劝过他："别进棒球部了，运动类的社团就算了吧。你平时不怎么看书，这次加入文学部怎么样？"但有一天，他一进家门就说："爸爸，我还是决定选棒球部。硬式棒球挺危险的，就算了，但软式棒球的话，我觉得没那么激烈，肯定可以的。"那是 4 月份的事了，当时我觉得既然孩子自己决定了，我也没什么可说的了。

　　刚开始，情况似乎还好。到了 5 月，来了很多从初中部直升进来的本校学生。从那时起，本校生就会迫使外校考进来的学生帮他们拿行李之类的。而且这种欺负外来生的行为逐渐升级。大量新生加入棒球部，或许是出于这个原因，高年级的学生应该是想要提高球队的水平吧，他们把棒球队活动请假的 4 个高一学生叫过去，说是开会，实际是为了追问每个人"为什么请假"。既然请假，那肯定是有必须请假的理由呀。

　　他们请假的理由再正当不过了，但据说高年级学生听完后说："嘁，就这些啊。"祐一当时还问过我："爸爸，这事你怎么看？"那时已经是 6 月份了。我问他："就算说了请假的理由，如果不被认可，是不是会被打？"祐一回答说："是的。"

而且，祐一还对我说过在泥水里做滑垒练习的事。那根本和训练没什么直接关系，高年级学生在浦和球场的本垒洒上水，让他们在那里做滑垒练习，我问祐一："是为了避免受伤才洒水的吗？"祐一回答："不是的。"

我还去看了一下。浦和球场有骏台学园专用的场地，6月25日是个周日，他们就在那里训练。那天祐一回家后，我就觉得他样子很奇怪。他说是吐了3次，我想应该是训练很辛苦，那也是没办法的事情，但还是觉是他的神情跟往常很不一样。

那天，祐一竟然跪下向我请求："爸爸，帮帮我。"他还发脾气说："家里这饭能吃吗！"那天的菜刚好是油炸的。之前，他也一直都有类似的不满，几乎每天都说这种话。但那天的祐一真的跟往常很不一样。

祐一在学校是个好学生。我以前也不太清楚，祐一出事后，我去学校见了他班里的同学，向他们问起祐一的事情，才知道他在学校一直很乖。同学们都说祐一是个非常开朗的孩子，总是笑眯眯的，还帮同学补习功课，体育也很厉害。现在想想，大概就是因为祐一在学校里一直努力做个好学生，相应地，他才把积累的不满全都发泄到家里了吧。真的，想想在浦和球场练习那天，他回来后竟然跪着向我控诉……

这件事情发生的第二天，也就是26日，是个周一，学校发生了一起暴力事件，社团活动时高三学生打了高二的学生。当时，祐一他们这些高一的学生都在活动室外面听着，从那时起他就陷入了深深的恐惧中。

我跟祐一说："你要是想退出棒球部的话，我就帮你写退部申请书。"7月初，我给他写好了，对他说："你带去学校吧。"当然，申请书里我没提社团中存在欺凌的问题，写了一些表面上的申请退出的理由，说是接下来想集中精力学习。申请是写给棒球部的顾问老师的，我在里面还写了这件事请老师一定帮忙，让祐一能顺利退出，千万不要刺激到高年级同学以及同级同学。但祐一看完后，却对我说："这样写不行。"他是担心那样写会被打。最终，他一直没提交退部申请书，他肯定相当害怕被报复。

我也对他说过："爸爸帮你去说。"但他又说："爸爸，可以退部，但其实我还是挺想打棒球的。""初中三年，我一直是替补，其实我想成为一名正式队员让初中同学看看。"他很期待能有机会和初中的同学们打比赛。

见报之后就出动的警察

我倒不是那种天天跟孩子说"加油，加油"的家长，不过，我经常告诉祐一，如果有人强迫他做自己不愿意做的事情，该说的话一定要说。后来我想，这会不会反而造成了孩子的压力啊。

我会这么想是因为祐一在英语笔记本的一角匆忙写下的遗书里写着："我真是个没骨气的人。是个懦夫。之前的事，很抱歉。"他写的之前的事，我想是他在家拿家里东西出气的事情。他还故作成熟地写了"我相信轮回转世"，之后就是"这15年来，给你们添麻烦了"，遗书里只有这些内容。

他不是那种会详细地将发生了这个、发生了那个一一写下来的孩子。作为家长却没能理解自己的孩子，我们应该负主要责任。我真的是这么想的，这是最大的问题。但学校在很长一段时间里，都没有坦率地说一句"是的，是那样的"，不肯承认存在欺凌，这令我感到非常愤恨。

我对学校说："会自杀的不止祐一一人，今后可能还会有别的孩子。"还说："孩子们对于同一件事的接受程度各不相同。既有坚强的孩子，也有能巧妙逃避的孩子，还有认真思考陷入苦恼的孩子。学校必须要认识到这一点。"但是，校方只是再三强调"实际上被打的不是祐一啊"。

学校根本不了解孩子的内心。而且，会致人死亡的不只是肢体暴力，语言暴力以及梦想的破灭等等，都会让人失去活下去的欲望。我想学校至今都没有理解这一点。

我一直在和学校方面沟通，还见了爱知县的大河内先生，请教了他的经验。学校方面什么也没跟说家委会说。我跟校方表达过"希望召开家委会全体会议"的意见，但学校拒绝了。我也跟家委会会长申诉过，没什么用。于是我写信——寄给家委会的全体成员共1300人。这个工作量很大，花了相当多的精力。我家附近的妈妈们也帮忙征集签名，帮了我的大忙。这一行动引起了很大反响，很多祐一的同学也给我们打来了电话。

祐一死后，我一直在想：为什么？祐一为什么会自杀？我真的想不明白。因此那段时间，我觉得这件事不在警察的管辖范围内，就一直没去报警。直到9月初，体育报上报道了祐一的事情。当天早上，警察便来到我工作的地方，对我说："秋叶先生，你怎么什么都没对我们说啊？你怎么没告诉我们存在欺凌啊？"我对警察解释道："这件事还请你们谅解，孩子去世之后我也不是马上就了解到具体情况的。"那之后，警察开始调查。

9月6日，骏台学园计划召开教员会议，在会上会讨论是否承认存在欺凌，因事关重大，我跟警察说希望他们等到这个会议结束后再开始调查。警察问我加害者的名字时，我回答"暂时还不能说"。我问警察："如果是祐一本人被打了，我就可以告对方伤害罪。但他是精神受到了伤害，是不是没办法起诉？"警察说："不，没那回事，你跟我们说了，我们就可以调查。"最后，我决定"等到教员会议结束，看看结果再说"。

之后，《读卖新闻》也报道了，警察马上又来找我。这给我一种感觉：如果报纸不登，警察就不会管。经过诸多调查与交涉，最终警察告诉我们："祐一的自杀立案难度很大。被殴打的孩子，或是以前被殴打过的孩子出面报案，我们才好采取行动，才能立案调查欺凌事件。"

后来，听说负责这件事的少年科科长询问过一个被打的孩子，问他有没有被欺负，那个孩子回答："我想忘记那件事，不想再提了。"又过了很长一段时间，那孩子来了我家，他说："我成了关键人物。"听他这么说，我劝他："不是的。如果你站出来报案，那就变成了刑事案件，施加欺凌的孩子或许会被开除。但是，要解决欺凌问题，你不是关键人物，这不是同一个问题。想要改变这种现状，不能只靠你一个人。"

我还问他："你跟你的爸爸妈妈说了被欺凌的事了吗？"他回答："没有，因为不想让他们担心，所以一直都没说。""祐一自杀之后也没说吗？"我又问。他答："不，一直没说。"听完这个孩子的回答，我恳请道："你不告诉父母，这让叔叔很担心。对于父母而言，没有比在自己不知情的情况下孩子死了更痛苦的事了。请一定要告诉你的父母。"然后我还说："如果你的父母知道真相后让你不要声张，那叔叔就不会再说什么了。"

因为上述缘由，后来警察再次询问那个孩子的家长时，对方说已经知道孩子的遭遇了。虽然知道了，却没有声张。最终，他们也没有去报案，事情就这样不了了之了。

最近，我才听那个孩子说，学校里有不良团伙，就是所谓的"Teamer"①（从深夜至凌晨聚集的各种青少年不良团体）的成员。他们学校软式棒球部的一个已经退学的原高三学生，是其中一个名叫"Damned"的团伙的干部。据说他会强迫学生们买"派对入场券"，那个孩子说自己也是受害者。有一次他们最后没有得手，但那次 K 也去了。K 没卖派对入场券，他是保镖。一个受害学生付了钱，另一个受害者就是刚刚提到的来过我家的那个孩子。他跟高年级学生 K 求饶，请 K 放过自己，最后逃过一劫。那个团伙里面有比 K 更坏的人物，那真的是个很可怕的人，所以那孩子一直觉着一旦自己把这些说出来，真的会被杀掉的。祐一的自杀并不是因为派对入场券事件，但直到现在，我都觉得很奇怪，6 月 25 日，就是祐一从浦和球场回来的那天，他说的要我帮帮他的话到底是什么意思呢？于是我请求学生指导老师问问那个孩子有关"Damned"的事情，老师的回答是："祐一和他们无关吧。"

我之所以很在意"Teamer"，是因为以前和祐一上过同一所补习班的一个孩子，那个孩子说要和祐一考同一所高中。他对祐一说

---

① 1980 年代后期至 1990 年代前期，在东京涩谷聚集的各个不良少年团伙的总称。

过："我加入了'Teamer'，所以多少钱我都能弄到。"这让祐一觉得很害怕，就没有去考那所高中。他当时异常恐惧。我对他说过："初三学生怎么也不会去杀人吧。"

事后回忆，是不是我说的一些话让祐一觉得他自己"是个没骨气的人""是个懦夫"了？那天晚上，我和他一起泡了澡，那是我们父子俩久违地一同泡澡，因为那天我觉得他的样子很奇怪。我安慰他说："没办法，训练嘛，总是痛苦的。"听我说完这话，他就沉默了，没再开口。

祐一是个胆小的孩子，小时候带他去看烟花，噼里啪啦的声音都会让他害怕。所以，有什么烦恼他往往会自己放大。以前，祐一读小学时，我曾告诉过他解决烦恼的办法。我对他说假如有 3 个烦恼的话，不要想着怎么才能一次性全部解决，可以先尝试去解决最简单的那个，如果成功解决了，心情就会轻松很多。烦恼就是这样逐步解决掉的。

强调"不是来道歉的，只是来上炷香"的家长

祐一死后，那是在 7 月 18 日，我妻子相当强硬地对校长说："我们不会提一些无理的要求，比如让你改变高考体制之类的。但是，改变软式棒球部以及骏台学园的社团活动的现状，这你应该能做到吧。至少请把这件事办了吧。"学校也承诺会加以整顿。

但是，第二天，校长就带着几十名学生一起去了爱尔兰的友好学校。校长的儿子就在那所学校担任总务长，校长每年夏天都会带学生过去。后来我才听说，当时高中部主任也去了。校长、高中部

主任和学生指导部的老师等几人好像都去了。因为这是早就定下的行程。

所以，学校根本就没有认真倾听我们的诉求，从那时起事情就不太顺利。他们从国外回来后来过我家，但是，我们提出"在祐一骨灰安葬之前，请学校拿出改善措施"，他们最初是答应的，结果却根本没有做到。那之后一直都是只要我不联系，校方从来不会主动联系我们。

后来，在 9 月的开学典礼上，我有了发言的机会，便向学生们讲述了我所知道的社团活动中存在的欺凌问题的现状。我当时还提到："我们要求学校改善社团活动，结果校长第二天就去了国外。当时软式棒球部高一的学生中也有要按原定计划一起去国外的，据说有位老师曾对此提出异议，问他：'事件还在调查中，可能还需要做笔录，这种时候，为什么你要去国外？'那个孩子好像回答说：'可是校长也去啊。'于是那位老师也就无话可说了。很遗憾，这就是这所学校的实际情况。"我说这些时，校长也在场。

我还对身为加害者的高二、高三的高年级学生说："严格训练固然没错，不过若要严格，请你们带头严格要求自己。而且，与训练无关的欺凌，比如，让人在泥地里练习鱼跃扑垒；把低年级学生召集到黑漆漆的活动室里，让他们跪坐，自己则抽着烟；让人为你们跑腿；强迫他人即兴表演，这简直太过分了；稍有不喜欢，就罚人拿行李等等，你们为什么要做这样荒唐的事？这些都不是人干的事。"我还告诉他们："不过，这所学校里也有好老师。祐一去世后，有老师到我家看望我们，像亲人一样安慰我们，还在教员会议上将祐一的事提出来。有什么事你们可以向这样的老师诉说。如果这样的老师也解决不了的话，希望你们能齐心协力，一起商议对策，改变社团活动目前的状况。"

即便如此，校方依旧没有任何作为。听了我的发言来家里给祐一上香的学生对我说："叔叔，只能向媒体求助了。"事情已经发展到不得不求助于媒体的地步了。之后，事情便见了报。就是从那时起，学校开始担心会被问责，警察也是从那时开始有所行动的，东京都的学校事务部也开始介入调查。如果没有见报的话，我想校方会一拖再拖，什么都不承认。

加害者停学了一段时间。他们的停学处分解除时，我对学校说："无论如何让那两个孩子来我家一趟。"9月22日，五六名老师带着那两个孩子一起到我家来了。

我一个一个与他们谈了话。特别是其中那个高三的学生，就是之前开会事件的主谋，暴力事件的罪魁祸首。我问他："你是在高一从硬式棒球部转到软式棒球部的吧？""是的。"他答道。我又问："为什么退出硬式棒球部？"他说："在硬式棒球部，开会时我被骂了，然后就想退出了。但我还想继续打棒球，就转到了软式这边。"我接着问道："那么，软式棒球部那个时候也会这样开会吗？"他说："没有。"我又追问："那么，所谓开会啊，用球棒打屁股，拿图钉扎屁股，在泥水里滑垒，这么多花样都是你带来的吧？"他回答："是的。"

一开始，他坚持说这些都是为了让棒球部变强，于是我说："让人替你跑腿、开会，这些真的让棒球部变强了吗？你好好想想！"然后我又问他："那我问你，有人出来反对你吗？"他说："没有。"我追问："这么说，你不是为了让棒球部变强，而是因为控制大家让你感到愉快吧?""是的。"他答道。

我又问他,在祐一去世的 4 天前,训练时的暴力事件是谁带头的,他说了一起来我家的那个高二学生的名字,他还说训练计划全都是那个孩子制定的。那个孩子与暴力事件有关,而且不知为何他似乎格外讨厌祐一,据说他对祐一说过"一看到你的脸就火大"。我告诉他自己早就知道他的名字,还对他们说:"如果这次你们就这样不被惩罚、蒙混过关的话,长大成人之后,会一直背负着祐一这个心理负担。倒不如现在接受惩罚,然后重新出发,哪怕转到其他学校也可以,请一定改过自新。"高三的那个孩子好像对我的话没什么触动,不过高二的那个孩子似乎听进去了。

我担心他们回家路上的安全问题,便拜托同来的老师们:"请把他们都各自送回家,然后把我今天对他们说的话转达给他们的父母。"

据说高二那个学生的父母听完之后哭倒在地。而另一个高三学生,却没人将我的话转达给他的父母。当时是高中部主任和一名总务老师送他回家的,之后,我没有收到任何反馈。我等了 3 天,想着他们总会联系我一下吧,哪怕只是一句应酬的话也好。但是他们没有任何回音。于是我直接给这两个孩子的父母寄了信,信里写了学校调查到的详细情况,并且写了调查中所说的高三的 K 和高二的 L 是你们两家的孩子,关于这次的事情,请详细询问你们的孩子。但是即便这样,他们也没来过我家。

然而,当自己的儿子受到停学处分时,这几名家长却再三请求校方解除处分。那时已经是 9 月份了,一个半月后学校就解除了停学处分。学生家长请的律师说"委托人担心学分不够,很着急",他们给学校施加了相当大的压力吧。

我对学校说："确实，两个孩子都已经是高中生了，即便家长没有反省，孩子本人好好反省的话也可以解除处分。但是，他们本人非但没有反省，甚至连关于欺凌事实的作文都没有写过。"

他们直到现在都没写作文的原因在于，他们的父母咨询律师后，律师建议决不能承认存在欺凌行为。孩子不写作文，父母也不来我家，这能谈得上是已经反省了吗？

我说："学校一直说祐一自杀的主要原因是社团活动中的欺凌问题，如果学校真正认识到这一点的话，那么，只要加害者本人不承认，就不应该解除停学处分。"校长听完似乎很为难。

终于，到了10月底，学校才第一次带着两个孩子的父母来到我家。来的前一天，学校联系我说孩子们的父母想到家里来，我还以为他们终于开始反省了。但接着，学校就告诉我，软式棒球部所有成员的父母都来。听完这话我拒绝了，我说："等一下，全体家长来之前，施暴者的父母应该先来为他们没管好孩子给我们道个歉吧？做事情总要有个先后顺序。"

但是第二天，不知道他们为什么这么着急，软式棒球部所有成员的家长和高中部主任一起来了，家长们一进门就说着"对祐一自杀，我们感到很遗憾"之类的话，还有人说"真是太可惜了"。我忍不住开口问道："你们想说的就是这些吗？"问答了几番之后，还是只有这么几句话。归根结底，这些人都觉得不是自己孩子的错，和他们没关系，即便可能有百分之零点零几的关系，他们也不认为那是欺凌。

他们当中还有一个很过分的母亲，她说："开会是每所学校的运动部都有的吧，训练结束后，聚在一起反省交流，提高全队的实力，这不是理所当然的吗？"我在寄给家长们的信里，早就详细说明了学校软式棒球部所谓的"开会"的实情，这名家长应该收到信了。不知道是她根本就没有读我的信，还是学校至今都没有向家长们做过详细说明。听完这位母亲的话，我说道："不会吧，祐一去世都快4个月了，还有人完全不了解状况吗？"对此，在场的学生指导老师也哑口无言，马上对她说："这位家长，这里所说的'开会'不是一般的开会。"并再一次向她说明了关于开会的具体情况，告诉她这些行为就是欺凌。我也很无奈，便请家长们听了之前我在学校和校长谈话的录音。

默默地听了 30 分钟之后，我问道："校方没有告诉你们实情吗？"没有一人回答我。于是我赶走了他们，说："请回吧，带上你们的花走吧。"最终我和他们吵了起来，不欢而散。这些家长明确地说了，他们不是来道歉的，只是来上炷香罢了。

始终没拿出改善方案的学校

这件事情中很关键的一点是，K 的父母所委托的东京律师协会的律师，不认为 K 实施了欺凌。这对父母就依据律师的说辞，主张 K 没有实施欺凌，想要保护自己的孩子。这个 K，过去就有类似问题，他在高一的时候就多次对同年级的同学施暴。前几天，那个被打孩子的妈妈给我们打来了电话。

被打的那个孩子由此对学校产生了恐惧，一直拒绝上学。后来他重新参加了中考，考到都立高中，重读高一，但是他仍然无法克服对学校的恐惧，每次走到学校门口了不敢进去，最终还是返回家中。所以现在他转到函授高中读高一。这个孩子的妈妈最初没说施暴学生是谁，但当我说出 K 这个名字后，发现竟然是同一个人，我们双方都很震惊。

我对这所高中一无所知，便让祐一入了学。今后也会有学生和我们家一样，并不了解学校情况就入学了。其实，骏台学园只要拿出整改方案，说明他们今后会如此这般改善就行了。但是校方一直没有拿出方案来。

前几天，我去参加了骏台学园初中部面向小学六年级学生召开的说明会，我们夫妻还一起去了高中部的说明会，在那里讲述了祐一的事情。因为校方不会谈及这些事实，所以我质问了学校，并向在场的学生家长们讲了所发生的事以及学校至今为止只做了哪些事情。那场高中说明会，来了很多家长，大概有 300 多人。

第二天，校方来信让我们不要再去了。我想，即使再去学校也不会放我们进会场，所以那天早上就去发了传单，这么一来，学校便威胁说要起诉我。

至今为止，学校依然没有拿出整改方案。我认为学校必须拿出方案来，否则，祐一的事情被大家淡忘之后，还会发生同样的不幸，这一点我们绝不能允许。至少是骏台学园，这所祐一就读的学校，必须要做出改变，否则我们就对不起祐一，就会成为不负责任的爸爸妈妈。所以，现在我们能做的就只有这件事：无论如何都要让校方拿出整改方案来。

在这场组织与个人的较量中，我们已经尽了全力。一步一步艰难地走到今天，唯一的安慰是，我曾经给全体老师共计约 70 人——

寄过信，其中有一位老师看了信之后，主动提议应该叫我去学校，和老师们一起召开研讨会探讨此事。还有位老师曾提议让我参加教员大会，但学校没有批准，没能付诸实施。研讨会是办成了，在 11 月份举行，约 30 人出席。因为不能使用学校的设施，所以借了附近的会议室，在那里开的。

我多次对校长说"请你辞职"。我想着如果报考学生的人数减少，给学校带来实际影响的话，那么校长就必须承担一定的责任，所以我想从这方面入手给学校施压。然后学校就有点儿被逼急了，做出了狗急跳墙的举动，要给家委会发文，说我行为异常，要以损害名誉罪起诉我并要求我赔偿损失。学校应该是感受到压力，有些受不了了吧。

派对入场券事件和我写给对方监护人的信

目前，警察传唤了与派对入场券事件有关的加害者和受害者。这件事学校也知情。现在正是升学考试阶段（1 月），学校担心如果事情扩大，会对学校招生相当不利。我想着一定要利用这个时间点做些什么。据老师调查，被殴打的孩子也在派对入场券事件的受害者名单中，约有 20 人被迫买了派对入场券，K 也是加害者之一。被打的孩子现在说要去报案，这样一来，事情会有很大的转机。

子虚乌有的派对入场券，在校内"强行出售"

截至（1996 年 5 月）9 日，警视厅少年事件一课和王子警察局，因涉嫌恐吓勒索逮捕了曾就读于东京都北区一所私立高中的 4 名学生，逮捕事由是他们通过威胁和暴力等手段，向学校同年级以及低年级学生强行推销并不存在的派对的入场券。自去年（1995 年）6 月开始，仅半年时间，在学校被卖出的入场券共计价值约 100 万日元。持有大量入场券的"受害者"转而逼迫比自己更弱小的学生购买手中的入场券，转变为"加害者"。这种派对入场券的买卖在高中生之间盛行，相关人士认为"这是一种基于暴力的校园欺凌"。

大部分入场券的价格在一张 1000 日元到 3000 日元左右，因为实际上并不存在所谓的派对，该入场券被称为"幽灵派对券"。即使真正举办了派对，大部分情况下入场时也必须重新支付入场费，之前出售的入场券不过只是"宣传单"。

学生中多次参与买卖的核心人物达到 20 人以上，入场券半年的销售额就高达近百万日元。据称，这些钱几乎全部"上缴"给了已退学的头目。

（《读卖新闻》晚报，1996 年 5 月 9 日）

骏台学园各位家长：

我是之前给您写过信的秋叶。

我的孩子升入骏台学园高中仅 3 个月，就因不堪忍受软式棒球部社团活动中的欺凌而选择了自杀，此事之前已致信告知。

随信附上的新闻报道，讲的正是骏台学园的这起事件，您知情吗？这篇报道中提到的去年春天从该校退学的"头目"，就曾是软式棒球部的成员。另外，已查明该恐吓链中，有多名该部成员参与，警方正在对此展开调查。

去年10月底，我在该校召开的高中招生说明会上，讲述了派对入场券的实情，学校方面以毫无事实依据为由，曾在言语和行动上表明要起诉我。当时校方准备将包含以下内容的文书寄送给各位家长。

文书中简直将我们当作疯子，断言我们的控诉是对学园单方面的谴责，是毫无事实根据的诽谤中伤，还声称学园多年积累的业绩就能证明这一点。但是，这种说辞在教员会议上遭到众多教员的批判，他们认为校方的这些说法毫无事实依据，太过分了。最终学校没有寄出该文书。

总之，非常遗憾地通知您，这篇报道的内容就是骏台学园的真实面貌。

关于我的孩子祐一是不是直接受害者，因他已不在人世，现在尚未查明，只能等待后续调查的结果。但是祐一从初中就极度害怕"Teamer"，这类不良团伙已经蔓延到学校社团中，想想他得知此事时该是多么恐惧，作为父母我们感同身受。

我们之所以如此执着于追究这所学园的问题，自然有对自家孩子的痛惜，但更为重要的是，至少在这所学校，绝不能让第二个、第三个祐一出现。我们认为这正是我家孩子用他的生命传达的信息，所以才用这种方式向诸位控诉。

我们常说人各不同，的确如此。即使是成年人，面对相同的打击，反应也因人而异，更何况是处于青春期有着复杂情绪的孩子们呢。这一时期的孩子，比我们家长所想的情绪更加不稳定、更容易受伤，想必对此大家也都有切身体会吧。

未能充分理解自家孩子的心理，我们深刻反省自身。同时，斗胆恳请诸位家长，请各位尝试将视线放到与自己孩子一样的高度，然后从孩子的视角，仔细地重新审视这所学园。

为了这所学园真正焕发新生，我们再次向大家呼吁。此致敬礼！

秋叶治男　秋叶美子

1996 年 5 月 20 日

我多次跟高中部主任和一名总务说过，"请想想 10 年前的你们"，"请想象一下，现在 20 多岁的你们的孩子，如果在 10 年前默默地死去了，你们会是什么感受"。我这样跟学校的经营者沟通过无数次，但都没什么用。一开始那名总务还说着："哎呀，秋叶先生，犬子虽然已经 20 多岁了，但压根不去工作，还在家里有暴力举动，让我们很头疼。我也很理解秋叶先生的心情。"但同时他又想要推翻调查报告。面对这些，让我不由得想到这就是所谓的组织啊。

有个孩子在给我的信里写道，一名老师曾在学生们面前声称"自杀是因为他自己软弱"。难以想象，会有老师在孩子面前说这种话。

在这所学园中，校长也兼任着董事长。学园没有大学部，只有初中部和高中部。这名校长是第二代，完全没有身为教育者的意识。满脑子想的都是运营和经营。说起来，东京都总务局校务部同时也是东京都事务局的私立学校审议会的委员。或许可以说，这种封闭性是私立学校特有的。如果和同一个学区的其他学生家长没有联系，那么就算学校不负责任，问题也不会暴露。当然，这也会影响到老师们的想法。

是不是应该把孩子教成一个随便的人？

祐一在遗书里并没有写自己被这么欺负、那么欺负了，我想，这种情况下媒体自然不会煽情式地去报道。而作为默默自杀死去的孩子的父母，或许这样更容易走出来。孩子遭遇了欺凌，身为父母却没能阻止；孩子明明很痛苦，身为家长却不知道，甚至有时还会指责自己的孩子没骨气。如果孩子留下遗书，详细写下他被这样欺负、那样辱骂，那么家长肯定会更加悔恨不已，难以释怀。从这个角度来说，家长不知道欺凌的具体细节或许反而会好受些。但是，另一方面，太不了解孩子的内心，出事后、孩子自杀后，家长才大为震惊。事后仔细回想，加以调查，才发觉原来自己的孩子经受过这样那样的事，父母也会受到很大的打击。

出事一周前，祐一曾用胳膊肘把浴室门打出一个洞。他为什么要这么做呢？作为父母，如果当时能够好好了解他的内心想法的话……但是我们却没做到。我们以为孩子一般都是拒绝去上学，或者离家出走，干了坏事被警察抓住等等，总之有一些迹象之后才会自杀的吧。可是祐一却突然就自杀了，虽然祐一确实是个有些软弱的孩子，但我想他突然自杀也是因为他太正直了，是因为我把他教育成了这样一个正直的人。

或许我们应该把他教成一个随便的人。就像大家常说的"que será, será"①，其他人管他的呢，随他们去吧——如果我把祐一教育成这样的话，可能事情就不会发展成现在这般了。说实话，我真是这么想的。如果是这样教育他的话，也许祐一就不会死了。

但是，让家长不得不这样去教育孩子的话，我想这个社会本身就是有问题的。另外，"考试战争"这种不踢开别人就无法生存下去的制度也是有问题的。现在我们这些已届中年的人，面临着裁员风暴，任何事情都追求高效。一旦少花钱就好、效率比什么都重要的观念席卷整个社会，人总有一天会失去本心。想要拿到500万日元的年薪，但实际上拿到的是400万或者300万，不也挺好的吗？比起这些，我更希望每天的工作内容变得更加人性化。我想大声呼吁，希望这个社会不要沦为必须踢开他人才能活下去的竞争社会。

为了今后继续与学校交涉，也为了加强自身的学习，我想着去考一个临床心理师的资格证。但是，白天继续上班、晚上去读夜间大学是无法考取这个资格证的，必须得研究生毕业才可以考。所以，现在我计划不管能否考资格证，从4月开始，先去读夜校，学习心理咨询。这么做是为了我自己，更准确地说是出于身为父亲的反省，因为我没能听到孩子生前想说的话，任由孩子遭遇不幸，痛苦而死。我不配做一个父亲。

祐一的同学中，有一个比他看起来还要弱，被使唤得最多的孩子。祐一很担心他，就帮他一起跑腿，并为他找高二的学生商量。

---

① 西班牙语"世事不可强求，应顺其自然"之意。希区柯克导演的电影《擒凶记》（1956）中的一首插曲以此为名，这句短语因而为人所熟知。

那孩子在祐一出事之后，就退出社团了。

我们的律师想要问那个孩子高一时候的事情，让我联系他，我便给他打了电话。电话是孩子的妈妈接的，她拒绝了我，说她的孩子不能帮这个忙，还说因为是运动社团，发生那些事也是正常的。而且她还说她就是这么教育孩子的，要求我们不要再打扰。

那个孩子看起来很软弱，甚至班里同学都觉得如果有人自杀也应该是他，而不是祐一。说得极端一些，因为祐一死了，他才能得救，从社团中脱身出来。但那个孩子的母亲却那么说话，真是让我感到很伤心。

律师叮嘱我们："一旦提起诉讼，作为父母的两位会受到各种批判。比如会有人说孩子出事是你们家庭内部的问题，等等。原来一直鼓励你们、给你们加油的人，可能也会反过来反对你们，想要把事情压下去。"

起初我并没有想通过法律手段要求赔偿什么的，这话我对加害者和他的家长以及校方都说过。我说了我们只是想让他们道歉。但10月份加害者的父母才第一次来我家，而且还是那副态度。原来我一直想着让学校变得更好，至少祐一的同学能够开开心心地去上学。自那之后我的想法一下子就变了，我想惩治这种父母，想让这种父母的孩子退学。如果可以的话，想让对方也尝尝祐一和我们遭受的痛苦，以其人之道还治其人之身。

明明是自己欺负了人，把别人逼到自杀，明明自己的儿子是加害者，却无关痛痒，只是自顾自地说些不着边际的话，若无其事地活在世上，这种人哪怕还有一个，都让我感到痛恨不已。

秋叶治男先生寄来了他的手记，他说里面记载了事发一年之后他的感想，请我们务必刊登出来。因此，特载录如下。

站在孩子的视角

有人对我说过，"人有生的权利，同时也有死的权利。有拒绝活着、主动选择自杀之路的自由"，但这不过是成年人的逻辑。年幼的孩子自然是无法理解，而小学高年级到高中生这个阶段的孩子，正处于自我意识从萌芽到确立的青春期，我想这种逻辑既对他们不适用，我们也不应该将这种逻辑套用在他们身上。

长大成年后，每个人都会在成人社会中，痛苦挣扎在理想与现实的夹缝中，找到某种让自己生存下去的价值，靠其支撑继续生活。这种价值观因人而异，有时一个人的价值观对于他人来说可能是微不足道的、无聊的，但对本人来说却无可替代、十分重要。

在人的一生中，有时会因一些意外的小事而迷失这份重要的价值观，而且难以找到其他的支撑；有时随着年龄渐长而染上重病，失去肉体上的存活的希望，陷入绝望之中，最终，我们可以自己选择死亡。这种时候，或许可以说自杀也是一个人对自己人生道路的一种选项。

但是，孩子不行！无论今后的人生是好是坏，在他一步还没有踏入成人社会之前，绝对不能结束自己的生命。更何况，他还没有认真考虑如何与他人进行内心交流，还没有经历过完成自我成长的

"恋爱"，就早早结束自己的人生，这太令人悲哀了。

去年（1995 年）7 月 10 日凌晨，就读高一的我的儿子，为自己 15 岁的人生画上了句号。

"我真是个没骨气的人。是个懦夫。之前的事，很抱歉。我相信轮回转世。这 15 年来，给你们添麻烦了。"

只在笔记本上草草留下以上文字，他便独自一人踏上了黄泉之路。

事情已经过去一段时间了，如今想到此事，身为父母，我心中依旧满是悔恨。在祐一自杀前的几个小时里，我明明和他说了好几次话，可为什么当时没能注意到自己孩子的异常呢？去世前一周，孩子不再像往常一样表达他的不满和不安，变得很老实，特别安静，我却误以为是他终于理解了父母的担忧，听取了我们的劝告。当孩子将内心的不安和不满发泄到物品上，打坏家里的家具以及其他物品时，我甚至还严厉地训斥了他……这些事情就像走马灯一样在我脑中浮现，想到这一幕幕发生时我对孩子的做法，越想我越陷入反思，每天都在反省作为父母我究竟是否尽责？回忆起这些往事的一个个瞬间，我认为我认真倾听了孩子的控诉，与孩子进行了交流，但毕竟事情到了这一步，再说这些就成了不过是在给自己找借口。这件事简直就像晴天霹雳一样，我一直想着，作为父母，我被全盘否定了。

对孩子来说父母意味着什么呢？亲子关系到底意味着什么呢？历经一年多的时间，至今我仍抱有莫大的疑问。

我的孩子自己结束了他的生命，令人遗憾的是，在这一年多的时间里，又有好几个青春期的孩子自杀了。他们都和我的孩子一样，自杀的主要原因是"校园欺凌"。学校教师的态度，对欺凌者的指导方法、教育方法，以及反映在孩子社会中的成人社会的样态等等，今后，我将对这方方面面提出各种各样的疑问，并监督改善。

但是，现在在这里，我想重新思考作为人的集合体，最小但也是最受关注的组织——家庭，以及其中的亲子关系。

孩子在肉体上确实可以说是父母的分身。孩子作为男女爱情的结晶而诞生，啼哭着来到这个世界，开启人生之旅。外形也与父母有些相似，并且随着身体的成长发育，这些外表的相似变得更加显著。老话常说三岁看到老，有人说这话反映出父母在幼儿时期的教育对孩子一生是多么重要；也有人大声疾呼孩子的善恶判断等价值观不是在学校，而应该是由家长在家庭生活中培养起来的。我并不想正面反对这些观点，但是这种观点的根基如果是建立在孩子生下来是一张白纸，父母通过教育养成孩子的心灵这一认识上，那就大错特错了。人各不同，每个人的思维、感受都有着微妙的不同，这与父母的教育无关，更是无法单纯用家庭环境不同能解释通的。在发出第一声啼哭时，不，或许投胎在母亲腹中时，孩子的个性大概就已经成形了吧。

如果没有认识到这一点，认为作为父母的自己是最了解孩子的人，用这种心态与孩子接触，也许对孩子来说才是最让其困扰的。在成人社会中疲惫不堪的父母，是不是用高高在上的姿态俯视着自己的孩子，为了让孩子长大后不要像自己一样辛苦，拼命教育孩子，逼孩子好好学习呢？但孩子比父母想的还要敏感。虽然父母嘴上说着不把工作中的问题带回家里，但同时，大人们又会通过在家里和孩子的接触来治愈工作中的辛苦，大人的这种心机，我想孩子们能完全看穿。作为父母，作为成人，面对自己所属的成人社会中的各种课题，不要逃避，而是去认真处理，这样他才能看清自己的孩子在他所处的社会中的状况和诉求。这才是真正地从孩子的视角出发，可以说只有从这个视角，个性互异的父母和孩子之间才能产生真正的心理上的沟通，而真正的教育也是自此时开始。

如此想来，对于已经自杀的祐一，我到底是否做到了一直用上述方式同他接触呢？不得不说，对此我抱有很大的疑问。在他自杀之前，我一直自负地认为他同我之间无话不谈，真是太愚蠢了！最后的最后，祐一没有对作为父亲的我说任何话，只是一个人默默地告别了这个世界，这已经说明了一切。

最后，为了儿子的名誉，我必须要说明一件事。

我儿子的死，绝对不仅仅是因为他对"校园欺凌"的恐惧，还因为他无法向任何人倾吐自己的烦恼，处在一种真正的孤独中，也因为这种孤独，他失去了对这个世界的留恋，并在某个时刻产生了大人都会心死的绝望吧。

不过，在万分悔恨的同时，唯一能使我稍稍获得救赎的，是他留下的"我相信轮回转世"这句话。我想这句话说明他其实并不想死，而且希望在轮回转世后，下次能变成一个不同个性的自己，在不同的学校生活中，寻求人与人之间的心灵交流吧。我想在他心底，他绝不是真正放弃了这个人世。他应该也在想着，如果可能，希望再和我们一起从零开始重新来过吧——我这么想恐怕是出于身为父母的自私吧！

对最爱的自己的孩子，未能伸出任何援助之手，对此我想由衷地对他道歉，同时，今后我会花更多更多的时间，继续思考他死亡的意义。

秋叶治男

9 逐渐升级的语言欺凌

铃木久美子（38岁）

在千叶县香取郡神崎町，町立神崎中学初二学生铃木照美（13岁）于1995年12月6日，在自己家中自缢身亡。照美是铃木家的长女，孪生姐妹中的姐姐。事发前日，照美哭着回了家，说被欺凌了。事发当日，她请假未去学校。不幸，就发生在母亲出门买东西的短暂空隙。

照美从成田市转学进了这个小地方的这所小小的初中。这所学校盛行在班级里开展所谓的"小组活动"，据称那是学生们的自主管理运动。转校进来不久，照美就被迫成了组长。

照美的头发是自来卷，于是她拉直了头发，但拉直导致头发稍微变色了。之后同学们恶意起哄，都说她"染发了"。

照美多次说过"肚子痛""不想去学校"，母亲久美子女士也曾开车把她送到学校。当时学生们那种冷到令人冻僵的视线，在女儿去世后，久美子女士还会时常想起。

校方否认存在欺凌。随后，家长公开了照美的遗书，真相浮出水面，这与至今为止的欺凌事件模式相同。

事发后，为了避难，照美的妹妹从神崎中学转走了。

从拉直自来卷的头发之后，噩梦就开始了

我家女儿的头发是自来卷。据说在刚转到这所学校时，周围的孩子还说过"你烫头了吧"之类的。尽管女儿解释了"是自来卷"，但这件事还是让她感到很困扰，所以她就想把鬈发拉直。那是在暑期，孪生姐妹二人一起自己做的。如果去理发店拉直要 7000 日元，用她们自己的零花钱肯定是不够的。姐妹两个人，去理发店的话就是 14000 日元，她们都不想给父母增加负担，就去药妆店买了药水回来，说要用那个自己拉直头发。然后两人就一起，在家做了拉直。

如果她们跟我说要染发或者烫头的话，我会阻止她们的。但拉直不过就是头发变直变长而已，我想着拉直了也好，就允许了。但是，自来卷的头发很难拉直，我还提醒过她们："即使去理发店也很难拉得特别直，你们自己做的话不知道能拉直到什么程度。"但两人听完之后说："我们想试试看。"于是我就同意了。

但是，我想她们可能弄错了药水的混合量。拉直之后被太阳一晒，头发就开始发红。刚好是盛夏，之后她们还去了游泳池，头发就被晒得更厉害了。几天之后，我问她们："你们头发怎么变红了？"她们告诉我："拉直之后，好像发质受损了。"我问："那要不要染

黑?"她们考虑到自己的头发天生就有点儿偏红色,说:"如果染成纯黑的,可能看起来会更不自然的。"于是没有染黑,就那样直接去学校了,当天在学校就被同学质问:"你们染发了吧?"事情就是从那个时候开始的。

当时,女儿跟周围的同学都解释过了,说是因为用吹风机把头发拉直了,之后又被太阳晒,所以发质受损,才会发红的。但是,那些孩子们好像不相信,还说:"哦,是这样啊,但这样头发真会变得那么红吗?"所以女儿当时回家后有些沮丧。但我想她应该意识到了后面会发生什么,因为当时她突然就跟我说:"从明天开始我不想去上学了。"我回答道:"你啊,学校才刚开学,就说不想去上学,那妈妈也很为难的。不过,我会跟老师解释一下头发的事情的,我会跟老师说你没染发,也没烫头。"

第二天是个周六,我还是去学校跟老师说了这件事。班主任不在,我就跟学生指导老师和副班主任解释了,并拜托他们:"因为暑期的这些事,孩子的头发才变红了。如果周围的孩子再说她,能不能请老师帮帮忙,帮她说句话?"两位老师听后也答应了,对我说:"知道了,这件事上我们会指导学生的。"之后,班主任跟全班同学说了,每个人的头发有各自的特点,而且每个人的发质都不同,照美的头发受损后会发红,并不是染发,所以请大家不要再盯着她的头发说事了。老师大概觉得这样说完学生们就能理解了。但是,事情并没有就此结束,其他孩子还是一有机会就对照美起哄,问她:"你真没染发吗?"照美回家后说过好几次,今天在学校被大家说了,今天又被大家说了之类的。

她的头发本来就有点儿发红,再加上为了拉直涂了药水,那部分头发就更红了，头发长长之后新旧头发有些分层，可能在周围同学看来，的确像是染过一样。我想着让她染黑了就没那么明显了吧。但是照美说："如果染黑了，大家又会说我染发了，太烦了。"

照美死后，来我家道歉的男生的头发，竟然是红色的！当时我简直难以置信，对他说："你！你的头发，是天生发红吗？"结果那个男生回答"是天生的"。我追问他："你头发这么红都说是天生的，那我家照美的头发，可比你的黑多了，你们却那么说她，这不是很奇怪吗？"但是，那个男生只是坚持说"我没染过"。我气不过，问他："你的头发不是更红吗？"结果和他一起来的家长说："这就是天生的发色。"我接着质问道："或许你的头发是天生的颜色，要是这样的话，我家照美也不过就是头发晒得有一点发红而已，你们凭什么欺负她？她要是真的染发了也就罢了，她不过是头发被晒伤了，你们非说她染了，让她又能怎么办？"

出事之后回头想想，我想起之前发生的一件又一件的事，那些对照美来说，应该都是很痛苦的。她回到家，把在学校里被人恶作剧的事告诉我，我就会跟学校反映。但这样的话，同学们就会说她跟家长和老师告状。确实发生过一次这样的事，同学都指责她告状，并对此怀恨在心。

不过，她们是转校生又是孪生姐妹，这本来就会引人注目。我还问过照美，"是不是有喜欢你的男生？"因为有些男生就是常常掀女生的裙子之类的，通过搞恶作剧来吸引女生的注意，表达自己的心意。但是，照美明确地回答道："根本不是那样的态度，那就是欺凌。"

迫不得已才在灵前低头的孩子与家长

从照美转校之后，到事情发展至这个地步之前，其实有过很多迹象。在之前的学校，她从未请过假，也有朋友可以一起玩一起交流，所以从来没有讨厌过学校，但是来到神崎中学后，她出现了拒绝上学的情况。可我联系班主任后，班主任却说了些"哎呀，我家孩子也有过类似的情况"之类的话，把事情看得过于简单了。班主任还对我说："这不过是一时性的，所以照美妈妈，你不用那么担心。"

可是，以前照美虽然也有讨厌学习的时候，但从来没有因为讨厌学校而不去上学啊。而且这个孩子身体一直很健康，可转学之后，早上到了该上学时，她总会说肚子疼、头疼什么的。

照美在班里遇到一些不愉快的事，这我也告诉了班主任。班主任虽然说了"好的，我们会讨论解决的"，但只是这么说，是不是真的讨论了，我很怀疑。

神崎中学的学生是从神崎小学和米泽小学两所学校升学入校的。在学校里，这两所小学的学生好像一直是分成两派的。米泽小学毕业的就和米泽的做朋友，神崎小学毕业的也只和神崎的一起玩，互相之间好像还多少发生过一些纠纷。

我家两个孩子也目击过其他孩子被欺凌。回家后她们对我说："太可怜了，妈妈，被那么欺负，还忍着。"当时，我还提醒她们："你们可要小心一点儿，不要被欺负啊！你们也要鼓励安慰一下那些被欺凌的孩子。"

被欺凌的孩子中，有一个和照美成了朋友，那个孩子在学校里也没什么朋友。她的家长后来还对我们表达过感谢，说照美姐妹俩的安慰，让那个孩子增加了勇气，去上学时也开朗多了。听到这些我才第一次了解："原来是这样啊，我家孩子在学校做了这些啊！"

学校最初不承认存在欺凌，声称"我们学校根本没有欺凌的情况"。在照美守灵夜的时候，大家到家里来了，但当时不是能谈话的场合，所以大家什么都没说就回去了。

之后在举办葬礼时，我们要求遗书中提到名字的 5 名学生不要来参加。我心里还是无法释怀，我想可能这些孩子本人也不想在这种状态下来我家，所以就要求他们不要出席。之后，学生指导老师看到照美的妹妹在学校发火，老师对我们说："我觉得那孩子有些异常，和她平时的行为不太一样。孩子妈妈，她的表现真的有点儿奇怪啊。"

妹妹是积累的愤怒爆发了。据说她当时发火说："那些人怎么回事，也不来道歉！太过分了，连道歉都没有吗？真是难以理解！"的确，我也有相同的感受，于是，我给老师打了电话，要求让那 5 个孩子在照美灵前道歉。然后第二天的傍晚，那 5 个孩子和他们的父母还有校长一起来了。

孩子们什么都没说，都是一副被家长强迫着低头认错的样子。家长们也只是说"对不起"，但我想他们并不知道为什么道歉。他们究竟是真心觉得对不起照美才来道歉的，还是在学校要求下不得不来的，这一点让我们很在意。

前一天，我对校长也说过，正常应该是由学校出面安排，带他们来道歉，可现在好像是我们提出来之后，学校无奈之下才带他们来的。

我们多次拜托学校，因为遗书中写了这些孩子的名字，希望守灵夜以及葬礼时都不要让这些孩子来上香。尽管如此，告别仪式的那个早上，学校还是带着高二全体学生来了，也就是 A、B 两个班的所有学生都来了。当时我们明明说了请尽量避免让遗书中提到的孩子来，但校长还是坚持把学生都带来了。

我们想着早上都已经带来了，那也没办法了，但下午的社团的告别仪式，我们说着"麻烦你们了，请不要让他们出席了"，再三请求，但学校依旧不顾我们的意愿，还是带他们来了。

这样一来，遗书中提到的 5 个人，不就和什么都没做的其他同学一样了吗？那照美也太可怜了！实在是太可怜了！尽管如此，这些孩子的家长到家里来道歉，还是在我们催促之下无奈才来的。

七七忌法事结束后姗姗来迟的班主任

在照美的葬礼上，校长和教导主任跪在灵前，明明白白地说过："这次照美的死是学校的责任，完全是我们的责任，所以之后请允许我们就此事通过某种形式来表达我们的歉意。"

我不知道他们所说的"某种形式"究竟是什么形式，但是当时孩子爸爸和七八个亲戚都在场，他们都听到了这句话。所以我们想着，学校也去灵前道歉了，还明确地说要以某种形式妥善处理之后的事，他们一定会做到的吧，既然他们已经是这种态度了，那我们也尽量不要把事情闹大。那是葬礼结束后的 2 月 8 日的事。

因为这些缘由，那之后的好几天，我们都一直等着看学校会如何处理。我想学校也带实施欺凌的 5 个孩子的家长来过了，那我们就关注后续的处理吧。但是，月命日过了，直到七七忌，这期间没有任何一个人来说一句"我们到附近了，请允许我们上炷香吧"。这些人心中丝毫没有这种想法。这期间，校长也只来过一次，而且还不是为了照美的事来的，我们另一个女儿还在那所学校，他是因为另一个女儿的事才来的。

因为之前校长在灵前下跪，也提到了责任问题，还说了今后要再表达歉意，所以我们一直对校长的话很信任。但是，自那之后，他连一通电话都没打过。1 月 6 日是孩子的月命日，那次是我刚好有事去学校，提到了月命日的事情，校长才来了，但是感觉他是没办法才来的，很不情愿。

我们计划在七七忌时，让孩子的骨灰入土，这件事我们也告诉了学校，甚至特地告诉他们从 9 点开始。具体安排也跟他们说了：先请和尚来诵经做法事，然后去老家的墓地埋葬骨灰。但是，老师们到的时候已经过了 10 点 10 分。法事已经结束，我们开车带着和尚准备出发去墓地了，他们才到。

一般来说，这种场合是要在和尚诵经之前来的，听和尚诵完经，然后给死者上香。我们以为老师们也会按照习俗这么做，参加完法事他们可能会说一句"墓地比较远，我们就不一起去了，就此告辞"，然后离开。但是，简直是荒唐！他们这个时间才来，虽然可能不是故意算好了法事何时结束，但到了之后，他们竟然还装模作样地对我们说："啊！你们已经要出发了吗？"我很生气地回了一句："还问已经要出发了吗，你们以为现在几点了？"然后老师们说着"对不起"，道了歉。但我心想，竟然迟到了 1 小时 10 多分钟，这些人脑子里到底在想什么!

之后，班主任说："我们带来了班级准备的花，请务必供在墓前。"我答道："既然是大家的一片心意，那我们会把花供在墓前的。"然后，我又说了一句："到墓地之后还有法事和埋葬事宜，要到下午5点多才能回来。"其实我并没有期待老师们会一起去墓地。尽管没有期待，但想着他们迟到这么久，都没参加法事，听我说了这话，至少嘴上要客气一下吧，好歹客气一句"既然我们都来了，请允许我们一起去墓地吧"。但是，他们连这话也没有说。

被迫成为组长

女儿们转到这所学校时，初一还有十几二十天就要结束了，当时我们并没觉得有问题。一开始不太了解这所学校的情况，所以女儿一方面精神很紧张，另一方面也有些兴奋，开心地说着"又能交新朋友了"，所以我也鼓励她们"要早点交到朋友啊"。

到了4月份，照美和同班的另一个转校进来的孩子成了好朋友，那个学期两个人一直一起行动。那段时间，尽管女儿在学校也遇到过一些小纠纷，不过一直没演变成大的问题。但是，大概就是从5月底开始，那些欺凌她的男生和她起了冲突。后来我才听说，开始只是女生之间的问题，并没太严重，班里的男生加入之后事态才升级了。当时，照美经常说"班里有些很讨厌的男生"，说他们会到她身边毫不客气地说一些话，经常会骂她傻瓜啊，丑八怪啊，肥猪啊之类。但这些事情也是常见的，我就没太重视。除了这些，班里的男生们还开始集中针对照美一人，说她这说她那的。

我每天都去接送她们，早上送出门和下午接回家时，从女儿的表情，我就能在一定程度上察觉在学校里发生了什么。例如，回来时如果女儿脸上笑眯眯的，我就知道这一天她在学校过得很开心；垂头丧气地回来，我就知道她肯定在学校遇到一些不愉快的事。每当看到她垂头丧气地坐上车，我都会问她："怎么了？"但她一般都只是回答："嗯，没什么。"什么都不告诉我。之后我再反复问她："到底怎么了？你当时可是很不开心啊？"她才会一点一点地吐露，那个谁谁和谁谁竟然这么说她之类的。

　　不久，照美就开始在上学之前说自己肚子疼、头疼了。

　　班里分了组。4月时，我家照美本人并不愿意，却被推选，被迫成了组长，她是完全没办法，无奈之下才接受的。说得更明白一点，就是尽管她本人一直说不想当组长，但因为没人愿意当，所以大家硬是推选了她，都劝她"你当吧，当吧"。

　　当时我还表扬了她，鼓励她说："难得同学们都选你，那你就先试试看吧。组长是小组的领导，所以被选上很了不起啊！"但是，她本人一直在说："这个负担太重了，我不想当。"最初她好像是很担心组里那些男生。当组长时，男生们会说这说那地挑毛病，好像还强制性地什么都让她一个人干。班里的坏孩子都在照美组里，所以她才会越来越痛苦吧。她遗书里提到的孩子，都是和她一个组的。

　　五六月份时，照美曾向老师申请过要辞去组长，她说："大家都是这种状态，所以我当不了这个组长了。"老师提了换组长，和组里同学协商之后换了人。老师应该也看到了教室里的状况，看到照美经常垂头丧气地低头坐在桌子前，老师好像还对照美的朋友说让她们给照美鼓鼓劲儿。

因为在班里发生了这些事情，照美还去跟老师们商量过，说她想回原来的学校。从五六月份开始，她也来跟我诉说她想回以前的学校，但我想刚刚转校过来，这时候就去跟老师说回之前的学校，会让老师以为我们做父母的太溺爱孩子了，也不太好，而且让女儿学会忍耐也很重要，所以我就对她说："你们是自己提出要转来这里的，所以再忍耐一下吧。"让她们接受了继续待在这里。

遗书中提到的欺凌者的名字

我看到遗书的内容是在守灵夜那天，出事当天我并没有看。孩子在家里上吊了，发现之后，我们赶忙把她放下来，然后一直处于惊慌失措的状态，根本无暇顾及遗书的事。我们发现女儿上吊的时候，孩子已经死了，但我们还是叫了救护车，然后联系了学校。大概过了15分钟，班主任和学生指导老师两个人就赶到我们家里。同时救护车也到了，做了应急处理。当时班主任问我："照美妈妈，没有遗书吗？孩子没留下什么吗？"于是我们去孩子房间，才发现了孩子的遗书。因此，最先看了遗书内容的，是班主任。当时我并没有看，因为当时我的精神状态完全看不了孩子的遗书。

> 我一直被班里的男生欺凌。他们的名字是 A、B、C（遗书中为实名，三人都是男生）。
>
> 我遭遇的是语言欺凌。我一直在忍耐。但是，他们对我的语言欺凌却越来越严重。我请了几天假，在家休息期间，我更不想去上学了。有一天，我告诉了老师。然后，老师把他们三个叫到教室前面，让他们道了歉。但其实这么做令我感到为难，因为我

完全不打算原谅他们。不过，实际上在他们道歉之后，我稍微有点儿想原谅他们了。但是，B又说了："我们什么都没干，不过是说了几句坏话，就会跟老师告状！"本来我想原谅他们的，可听了这话，我觉得他们是因为老师在才跟我道歉的。但是，我忍住了，没说话。我在心中对自己说绝不能输给他们。暑假结束，去上学了，女生们对我起哄，说"你染头发了吧""肯定染发了"之类的。我很厌烦，但我忍住了。因为这是我自己的责任，因为我拉直了头发，我自己拉直才伤了头发，所以我只能忍了。

一天晚班会上，坐在我旁边的D（女生）和E（女生）对我说："照美，染了头发的话就承认吧。"可是，我并没有染头发，于是我解释道："是因为用吹风机、离子直板夹拉直了头发，头发被伤到了才变成这样的。"然后，D又说："我也拉直过，根本不会变成你那样的茶色。"D还说只要我不承认染了头发，那她也可以说谎什么的。我想，她就是想欺负我。而且大家都讨厌D。我刚刚转校过来时，大家就对我说过"D爱撒谎，最好不要和她做朋友"。但因为她没对我撒过谎，所以我相信了D。不过现在，我明白了。

我还有很多遗憾。我还想上高中，我想和好朋友（以前的学校的）F还有妹妹三个人一起生活，我想找份好工作。但是，一直到初二、初三都要在神崎中学的话，我活不下去了。

至今为止照顾过我的各位，我要死了，再见。

铃木照美

照片请从这两张中选一张吧。这是我最后的请求。

本来我想自己第一个读孩子的遗书，但当时完全不是能读的精神状态，所以就先给班主任看了。班主任老师快速看了一遍，刚一看完警察就来了。警察对我们说："我们需要把遗书带走调查，很快就会还回来的，暂时先由我们保管。"当时，我也对警察说了："只有班主任看了，我和孩子爸爸都还没看过。"不过警察还是说"暂时要先由警方保管"，将遗书带走了。

那时我还不知道遗书的内容，再加上孩子是上吊自杀的，我不了解详情，所以就请警察暂时不要公开此事。但第二天我看了遗书的内容，明白这件事不应该保密，就对学生指导老师说"这件事不能隐瞒"。那位老师也大致看过遗书的内容，说："是啊，遗书里把涉事孩子的名字都写得明明白白的。"

因为有这些经过，在葬礼上，孩子爸爸十分气愤地对报社的人说："孩子留了遗书，写了欺负她的孩子的名字，所以毫无疑问学校是有责任的。"然后公布了遗书。当时我在家里，对这些完全不知情。但是，我想如果没有遗书的话，对我家孩子的死，学校恐怕会不了了之。

主张"不存在欺凌"的校长

校长声称"不存在欺凌"是在事件发生的次日，是对报社说的。班主任已经看过遗书，知道照美的死是因为欺凌，但他好像对实施欺凌的那些孩子的家长什么都没有说。其实，出事的前一天，照美在学校被欺凌，大哭着回来了，当时我马上就打电话联系了学校。

我联系到副班主任，对他说："我家孩子哭着回来了，哭诉着明天开始再也不想去学校了，这件事请老师们想想办法吧。"我本来想着找班主任比较好，但班主任因为社团活动没能接电话，学生指导老师刚好也不在，所以才找了副班主任。

实施欺凌的孩子和他们的家长在葬礼的次日来我家道过一次歉，之后就再也没露面，孩子的忌日也没来。我以为他们还会有些别的表示，但他们什么都没有做。我对校长也说过，这些人毫无诚意，让人疑惑他们对照美的死究竟是怎么想的。我们为孩子祭奠，那是因为我们是孩子的父母，这是理所当然的。但是，那些孩子，即使只是动了口，但照美之所以会死就是因为他们的语言欺凌。遗书中列出了欺凌者的名字，这一点报纸也报道了。我想那些孩子和他们的父母应该是觉得自己一点儿都没错吧。所以，那 5 个孩子和他们的父母来我家时，我们情绪也很激动，把想说的话都说了，当时应该也说了一些过分的话。

不过，我也说了这样的话："如果对换一下，假如是我的孩子欺凌同学，导致别人家的孩子自杀了，那即使对方的父母不让进门，赶我们回去什么的，我也会尽力表达自己的诚意的。"可是，那些孩子与他们的父母根本就没有这样的诚意，既没有打电话来问问我们是否安好，也没送花来让我们供奉在灵前。可以说对照美，他们没有丝毫祭奠之意。

如果我直接闯入欺凌照美的那些孩子的家里，就有恐吓的嫌疑。仅仅是去对他们说出我们的不满，问问他们到底在想什么，就会变成是在威胁他们。所以我们只能压抑着自己的情绪，默默地等待他们自己上门，但等来等去，他们一直都没来。

"如果老师不说，他们自己是不是永远想不到应该来我家一趟?"

我很气愤。哪怕是委婉地告诉他们"大家一起去一趟吧",告诉他们"即使只有一个人也好,如果有心道歉就去一趟吧"也好呀,我一直觉得由学校说这些话是理所应当的。

我对教育委员会主任说过:"我们一直这样忍耐着,等着他们自己来道歉。我们也是人,出了这样的事肯定很愤怒,但如果让他们到家里来露个面,至少让他们来上炷香,这样我们的情绪也会逐渐平息下来的。可现在对方的这种态度,不是越发让我们情绪激动吗?"

对校长,我也说过:"我并没有提什么无理的要求。"我说:"我只是想,那些人可能也不想见到我们,但至少要来家里上炷香吧,如果不愿意到家里来,问问孩子的墓地在哪儿,哪怕是去供上一朵花也好啊。可是,他们连这些都没做。"

然后校长回答:"大家都是成年人,所以我们提出来让他们做这个或是做那个,这也很奇怪啊。"关于诚意之类的,他也只是说这都是大人之间的问题。

神崎中学在3年前也发生过一起校园欺凌事件。当时虽没导致学生自杀,但家长也闹上了法庭,要求赔偿。不过像这次一样,遗书中列出这么多实施欺凌的孩子的名字,还是首次。我觉得照美自杀之前,学校一直觉得都是些小事,没怎么重视。从老师们的说法中也能感觉到这一点。

我说这些可能会有溺爱孩子的嫌疑,但举例来说,照美哭着回到家时,即使我觉得情况没那么严重,可为了以防万一,还是会去告诉老师,而老师却说:"哦,这种事情啊,谁都遇到过的。"一副没什么大不了的的态度。我对老师说："孩子又对我说不想去上学了，再这样下去我也要神经衰弱了，拜托老师想想办法吧。"老师听了也只是回答："我家孩子也是这样，这种事经常发生的。""现在的孩子都是这样，不要放在心上。"说些诸如此类的话。

照美自杀之后，事情才闹大，所以学校才开始考虑对策了。但出事之前，即便学校知道存在一些欺凌问题，只要不出大事，他们都不会采取措施。

说出"'事故报告书'请看报纸"的教育委员会

实施欺凌的男生多数都是附近的孩子，女生中有一人是在第二学期刚刚转校过来的，那个孩子以前还是照美的朋友。因为刚好她们两个女生都是转校过来，那个孩子也担心自己被欺凌，就跟着那些强势的孩子，不得不和他们一起对照美说了一些原本不愿意说的话。

照美去世之后，老师让全班同学每人给照美写一句话。这篇作文拿给我们看了，但学生们担心对自己不利，只写了一些好话。

我想老师应该是为了让同学们明白照美死亡的性质才让他们写了作文，但看了作文的内容，我发现里面写的都是，"想继续和照美做更长时间的朋友"啊，"照美帮了我很多啊"之类的话。事到如今再写这些还有什么用呢？

欺负过照美的孩子也写了，"没想到照美会用这种方式死去"，"我有事的时候照美还帮我出主意，太感谢她了"等等，仿佛照美出事和他们无关一样，没有丝毫罪恶感。可他们明明是只顾自己痛快，大肆说了一些照美讨厌的话。就是因为这些孩子，照美好几次都难过得大哭着回家，但现在他们却只写了这样的内容，只能想到这些！在照美葬礼的时候，班主任拿来了作文，还说："请把这作文供于灵前。"真是不理解把这种作文拿来，让我们供在照美灵前的班主任，究竟是什么脑回路。

学校向教育委员会提交了报告书，也就是所谓的"事故报告书"。1月25日我们曾去教育委员会，申请查看这份报告书。但是，对方却说"不能出示"。我再问："为什么不能出示？我是孩子的家长，又不是无关的人。"结果对方又说："我们这里不能给您看，但如果您想看，可以去千叶市，找县教育委员会拿。"

我对千叶不熟，也不知道应该去哪儿、怎么去。我家那口子考虑到要去千叶的话还得再搭上一整天的时间，就继续拜托道："给你们添麻烦了，但如果在这里能看到的话请给我们看看吧。"但还是被他们拒绝了，说是："现在不行，不能拿给你们看。"

之后，教育委员会打来了电话，问："你们看过今天的报纸了吗？"我回答"还没看"。接着对方竟然说："报告书的内容，和今天报纸上刊登的一样。"我简直不相信自己的耳朵，反问道："你说什么？这是什么意思？"

我无比气愤，就给教育委员会主任打了电话，质问："你们是让我看看报纸，就此满足，不要再找你们要报告书吗？"主任说："不，我们不是这个意思。不过，报告书的内容，即使我们出示，也的确和报纸上登的差不多。"我继续追问："但是，报纸上只是一个大概，没有具体细节，这样我是不能接受的。"然后对方就说"改日再致电"。从这件事，教育委员会的处理方式可见一斑，他们的态度简直毫无诚意。

照美的妹妹从姐姐出事那天开始就一直请假没去学校。如果一直不去上学，肯定会影响考高中，而且课程落后太多追起来也很困难，但我们又考虑到刚好到了第二学期的期末，这一年也没剩几天了，就想着年内暂且不去学校也可以。学校也说勉强孩子去上学是没用的，等本人想去上学了再去也行。于是妹妹只是在去学校拿东西的那天露了个面，之后再也没去学校。

妹妹一直说她不愿意再去神崎中学了，转校前上的初中有她的朋友，周围的人也对她说希望她能回去。那所初中离我家车程是二三十分钟的样子。孩子爸爸很生气，说："咱们家孩子转学，这不对吧？不应该是让那些欺负人的孩子转学吗？"我又安抚了他，说因为这些与学校产生纠纷，一旦错过转学的时机就更麻烦了。

实施欺凌的那些孩子，既没有认识到是他们的欺凌将照美逼迫至死，也毫无反省之意。现在的孩子都是这样的吗？教师也都是这样的吗？那么这所学校真是无可救药了。

10　一句"对不起"都没说的班主任和校长

大泽秀明（51 岁）

1996 年 1 月 22 日，在福冈县三潴郡城岛町，大泽秀明的四儿子秀猛（15 岁）自杀身亡。当时他是町立城岛中学初中三年级的学生。遗书里写着"我一直被勒索金钱"，但没有对勒索方的批判。

秀猛是在水田地带的水闸处上吊自杀的。他家周围十分荒凉，零星分布着工厂和住宅。秀猛是从大分县转校过来的，在学校一直被欺凌，最近开始被索要金钱。读小学时，秀猛性格开朗，还当过舞台剧的主角。三名哥哥都在自家的家具工厂工作，给父亲秀明当帮手。秀猛计划初中毕业后去读商业高中，然后回自家工厂当会计。还有两个月就能离开这所初中了，他却在此时选择自杀，肯定是实在无法忍耐了。

学校故意选在秀猛头七那天，召开了家委会大会。秀明先生特意抽出时间出席大会。家长们异口同声地说"学校没有责任"，甚至还有人提出"老师，孩子做的不对就请打他"的意见，其他人都鼓掌认同。无论是学校，还是家长们，比起一个孩子的死亡，他们考虑更多的是其他孩子的中考。

"被勒索了，因为没钱所以我只能死了"

秀猛从小学时就非常喜欢踢足球。但是，进入初中的足球部后，无论是在课上还是在社团，都受到欺凌。我家自从搬到这里之后，因为周围没什么人，工厂里就雇用了秘鲁人和巴西人。我们住的这座房子原来是一间超市，我做了隔断，把一部分当成宿舍，给工人们住。这些人自己做饭，洗手间也是单独的。但因为这件事，同学们经常捉弄秀猛，冲他喊"秘鲁、秘鲁"，还给他起了个"秘鲁大泽"的绰号，以此来嘲笑他。

这是 B 同学说的，我们把他说的这些都录了下来。总之，这种语言暴力从那时就开始了，秀猛就这样一直被欺凌至今。

到了初二之后，正如遗书中所写，其他朋友捏造秀猛没说过的话去告诉 B 同学。B 同学是足球队的副队长，体格强壮。B 听说秀猛说了自己很多坏话，非常生气，就经常殴打秀猛，对他拳打脚踢。这样一来，秀猛也不想去足球部了，而运动又是他唯一的乐趣。他请假不去参加足球部的训练后，B 又利用自己副队长的职位开始制裁他，依旧对他实施暴力。

在篮球比赛时也打了秀猛，这个我确认过，说是踢了他。我问B："这是真的吗？"他不太情愿地承认了："是真的。"他还说："不只是我一个人。"然后又说了其他孩子的名字。这次殴打完全是集体行为。

我妹妹的孩子，是个男孩，读小学二年级，他也一起住在我家。秀猛和那个孩子当然关系很好。我们全家都在工厂（自家经营的家具工厂）工作，晚上要工作到 7 点至 9 点的样子。这段时间里，他们就两个人自己在家，玩家庭游戏机之类的。但是大约在两周前，好像是秀猛撕破了那个孩子的衣服。他以前可从来不会做这种坏事。可在出事前一周，他还曾把那个孩子关在卫生间里。明显的异常就是这些。

秀猛在遗书里也写了被勒索的事，能看出来他曾写了"后天"，然后又擦掉了。遗书中写着主犯 D 同学在 20 日跟他说"给我把钱拿来"，他死的那天是 22 日。金额也写了，是 5 万日元。我问了 D，他含糊地承认了，据 D 本人说，他当时说的是"今天把钱给我拿来"。但遗书是 20 日写的，所以 22 日应该才是去送钱的日子。

开始的时候我们把钱包交给秀猛保管，让他交费和买东西用。但是从 12 月初开始，钱包里的钱突然少了很多，我们就不再把钱包交给秀猛了。那之后，我们没有吩咐他，他也会主动提出要去买东西。而且明明没感冒，他却说："因为哮喘了，所以要去药店买药。"即使我们说："家里有药啊。"他还是会说："要去买适合我的药。"他就是用这些办法从我们这里拿钱的。

有一次，我们放在柜子里的钱不见了。他自己有压岁钱，存了约 10 万日元，但是如果他用那个钱会被我们发现的，所以他才一直没动。

爸爸、妈妈，对不起。

我来到这个町，在初一的第一天，就被 A 同学打了，他又是从后面捅我又是踢我的，我生气了，对他说："你适可而止吧!"然后就被他打哭了。从那天开始，之后的一年里，他经常打哭我。我跟老师说了几次之后，A 也发火了，骂我说他坏话。还有，上了初二之后，有个家伙嘴很损，去跟 B 同学捏造一些我没说过的话，B 就一直殴打我。

升入初三的第一个学期，没再发生这类事情，我还想着今年不会那么倒霉了吧，但第二学期的第一天，C 同学来对我说有个厉害的家伙命令我"把超级游戏机带来"。开始我一直到处躲，后来想着不过就是个超级游戏机，就拿给他了。然后，他又找我要钱，开始我没给，他就威胁我"不给就折断你的胳膊"，没办法我就给了。那之后我就一直被勒索。已经被勒索了大约 30 万日元了，现在又来找我要钱。但是，我没钱了，所以只能去死了。

家委会大会上 500 人对 1 人的斗争

秀猛把他自己最近的照片都处理掉了，应该是因为这些照片让他想起的都是一些不好的回忆吧。因此我家现在只有他小学时的照片。家人一起外出时拍的快乐的照片还留着，但学校修学旅行时的照片之类的，可能是看到会令他相当懊恼，都被他自己烧掉了，真是太可怜了。

校长在守灵夜时匆忙赶来了。来是来了，但他只是来上了炷香，一脸平静，一句道歉的话都没说。他第二次到家里来时，我实在是太生气了，就让他看了秀猛的遗体。秀猛死之后还大睁着眼睛，死不瞑目。我拼命把他的眼睛合上，但无论怎么做，一松开手马上又会睁开，应该是肌肉收缩的缘故吧。那天我故意让校长站在遗体的脚部，因为从这个角度能看到秀猛还大睁着眼睛。就连我们做父母的，看到都会打冷战，心情难以平静。

　　我让校长和班主任都看了，我无论如何都想让他们看看秀猛死不瞑目的样子。班主任看完吓了一跳，因为孩子看起来像是还活着一样。但校长却神色未改，让我们更是气愤。

　　以前，妻子忙的时候，都是我家三儿子给秀猛换尿布，他很是疼爱自己的弟弟。就是这个哥哥，在第二天，也就是葬礼前的守灵夜，亲手给弟弟合上眼睛。他将手一直盖在弟弟的眼睛上，过了差不多5分钟才把手拿开，这样秀猛的眼睛终于闭上了。真是太好了。

　　妻子一直很颓丧，虽然会去工作，但精神很虚弱。她也洗衣服，但洗完会忘记晾，因为她一直都很宠爱秀猛啊。妻子的这种状态让我很不知所措。不仅如此，最近我们家还开始被周围的人视为加害者。我们又没有请律师要起诉，听说一般请了律师起诉的遗属才会被周围的人敌视，由此也可以看出学校的防御太强了。

　　听说校长在当上校长之前，是在濑高中学（福冈县）工作的，当时，就遇到过学生自杀事件，他成功将事件掩盖了过去。

　　秀猛的葬礼之前，我在守灵夜上公开了他的遗书，所以来了很多媒体。当时校长也接受了采访，他公开说"完全不存在欺凌"，"在我们学校从未发现有欺凌问题"。遗书里明明写着秀猛是如何被欺凌的，校长竟然说不存在欺凌。

看到报道的人都非常气愤。校长工作过的上一所中学里自杀的那个孩子如果活着的话，现在应该 22 岁了。那个孩子同学的妈妈专门找到我们，对我们说："这个校长 7 年前就把事件掩盖过去了，这次绝对不能让他这么做。"那次事件据说没有遗书，校长便说："遗书的事，家长说没有那就是没有，大家不要随意嚷嚷着说有遗书。事情闹大了对学校的名誉有损。"以此来封家长们的口。据说他是打电话对家长们说的，当时他说的话还被家长录了音。

葬礼前的守灵夜，几十名家委会的人一起来了，不放报社记者进来。据说他们在新闻发布会上，还对着每位记者拍了照。那简直就是在说，"如果不好好写，我们会记住你的"，通过这种方式来给记者们施压。竟然做出这种蠢事来！而且，他们还在新闻发布会上公开说："家委会对学校没有任何意见。让我们重新认识本地区以及周围的优点。"

第二次家委会大会，他们特意选在秀猛头七那天召开。我拜托家委会，提出"希望能把时间错开"，但家委会的会长和副会长两个人神情很不自然地来到我家。会长甚至别有深意地坏笑着，就是一副"来得了你就来参加呀"的样子。所以，我下定决心无论如何都要去参加这次大会。本来，我应该去秀猛的头七忌，为他能进天国而祈祷，但我去了家委会大会。因为不知道他们在会上会说些什么，如果他们公布不存在欺凌的话，就麻烦了。

家委会不让媒体记者们进去，所以记者找我商量，对我说："大泽先生，请和家委会交涉一下，让我们进去。"校方已经是一副要吵架的态度。我想着只有我有权利开这个口了，所以我就说："黑压压的这么多记者，如果不让他们进来，反而会引起混乱。"在学校的要求下，缩减了记者人数，只放进来几个人，然后大会就开始了。

大会开始后，副会长首先宣布："会场可能会发生混乱，如果出现混乱的话，就随时终止大会。"听完这话，当时家委会里就有人提出质疑，问："为什么要终止?"这次大会上，事先安排好了家长出来发言，帮学校说话，说学校没任何问题。那名发言的家长还说，自从现在的校长来了之后，自己家孩子变好了，还说我作为家长不负责任，为什么没看好自己的孩子之类的。这些话劈头盖脸向我打来，让我的脑子一片空白。我明白，他们这是想要打垮我。

我不小心说错了一点，说我家孩子曾经请假没去上学，其实他是请假没去补习班。记者纠正了我，说请的假应该是补习班的。校长抓住我这个失误，语气坚定地说："家长说的不对，看看出勤簿就知道孩子从未请过假。"于是，我想着自己也必须要做出回击，就说了濑高中学的事。一直神色自若的校长，一下子就全身僵硬，黑脸也涨得通红，沉默不语。

之后，前家委会会长的发言为我解了围。这个人的孩子已经毕业了，所以他一定程度上能说些实话。他说："你们可能不想听，但大泽先生的话也要听听啊。"还说："学校怎么没有欺凌啊？我家孩子在校期间就说过有校园欺凌，这还能不承认吗？"他为我说了话，当时我才能冷静下来。

接着，家委会里的一位妈妈发了言。她说："K老师把按摩用的棒子拿到学校，有孩子淘气或者不听话，他就拿那个棒子邦邦地敲孩子的头。我跟学校反映过K老师的事，校方却一句道歉的话都没说。"她还说："敲打也要注意力度，请不要用那么大劲打孩子的头。

我家孩子本来就比较瘦弱，在学校被老师打了之后，回到家一整天都在喊着头疼、头疼的，请老师不要再那样打孩子了。"

像这样说公道话的，只有三个人，前会长和两位妈妈，只有三个人提出："绝对不能使用暴力。学生们看到老师使用暴力，会以为犯了错的人就是可以打的。所以，不应该体罚学生。跟孩子们讲道理，他们能明白的。"

但是，接着这位妈妈后面发言的家长——应该也是提前安排好的——竟然站出来说："老师，没关系，我家孩子可以打。"然后，大家就鼓起了掌。总之，这些人就是在恭维学校。

我也多少冷静了下来，听了这话觉得很可恨，就说："我会留在这个城岛地区，作为一名志愿者，致力于解决校园欺凌问题。今后大家遇到欺凌问题，只要来找我这位大叔商量，我一定会尽力帮忙。"我还说："我会开放我的传真和电话，我和大家约好，即使现在做不到，很快我就会这么做的。"这话，大家多少听进去一些。

之后的发言就全是恭维学校的了。我想着一定要说一下秀猛的事，就要求将大会延长了一个小时，大会原定 3 点结束的。但是，直到快 4 点了，他们才把麦克风递给我。

有个家长还说："我家两个孩子，都是现在的校长来了之后才进入这所中学的，其中一个已经毕业了，在学校教育下进步可大了。"听完之后我对那人说："听好了，我家孩子以前是个开朗爽快的孩子，就是来了这个学校之后，被欺凌逼死了。"我是认真看着那个人的脸说的，然后他低下头沉默了。那个人恐怕也是提前安排好的。

家委会大会上，可以说是我一个人与整个家委会为敌，完全被孤立。可能其他家长想着如果发生了欺凌自杀事件的话，学校一定会被批判的，所以才站在学校那边，说着恭维学校的话。

当时，我明确地对大家说："你们看到了，媒体也在，在面向全国做报道。像这样在家委会大会上探讨认可暴力的话题，会被全日本的人耻笑的。"但是，我说完之后，大家发出一阵嘘声，他们是在笑话我，笑话我就像是个傻子。

从秀猛自杀之后，我就被孤立了，被大家视为加害者。现在只要我说些什么，他们就会顽固地加强防御。那天出席家委会大会的，超过了 500 人。就是一场 500 人对 1 人的斗争。主张绝对不能有暴力的那位妈妈也被起哄，直到最后都没能再发言。

听说那位妈妈经营着一家辅导机构，辅导班里有个非常顽皮的男孩，欺负殴打其他孩子，老师无从下手制止，于是她就紧紧抱住了那个孩子。据说在那之后，那个孩子就改了，流下了眼泪，自那之后再也不欺负其他孩子了。

没有意识到自己在欺凌他人的孩子和家长

遗书里提到的在秀猛初一的时候欺负他的 A 同学的父母，出事的时候刚好不在家。遗书里提到的人都来道歉了，也就是上了炷香，说了"对不起"，唯独 A 没来。所以我就打电话问他："你怎么没来？其他人都来了。"A 回答说："因为我父母不在家。"我说："那你一个人来也行。"于是他就自己来了，但是途中又犹豫了，用公用电话打电话跟我说："我不能去。"我加强了语气："别说了，赶快过来！"他才不情不愿地来了。当时他还告诉我们，学校不让他来，说如果到我家来必须要先跟学校报告。

这些电话我尽可能都录了音。录音机和话筒连在一起，所以录得很清楚。之后就 A 说的事我问了老师，因为是事实，老师当时就哑口无言了。学校做的实在是过分！ A 的事也是这样，学校坚持说那不是欺凌，是孩子之间的打闹。所以我就一直打电话，反复追问 A 这件事。有时 A 的父母会强制不让他说，这样一来 A 的脑子里就会变得一片空白，我很明白这种感受。在孩子头脑一片空白的状态下，父母又拼命地嘱咐他："老师不是说过了吗？别多嘴！就说是打闹，说是打闹！"

但是，遗书里写得很清楚，所以这些话也说不通。然后他们又教 A："就说是他撞了你踢了你，你没忍住才生气了。"但是一开始是 A 一对一欺负秀猛，秀猛还去跟老师说了，但老师没有当回事，当成简单的打闹处理了。如果到此就结束了还罢了，但是那之后越来越多的孩子跟着 A 一起欺负秀猛一人，这么多人集体施暴，秀猛一个人根本就动弹不得。都发展到这种程度了，他们竟然还教 A 说是打闹。

还有，主犯 D 的妈妈接到我的电话，竟然说："现在，我家孩子正忙着复习准备中考，不好意思啦。"不让 D 来接电话。她到底在想些什么？真是太可怕了！ D 可是主犯！一直欺负秀猛，还向他索要金钱。秀猛有哮喘，所以我们给他钱让他去医院，最后，就连这看病的钱都被 D 勒索走了。据 D 自己说："直到两个月之前，我还把头发染成了褐色，或者说是红色。"我问他："怎么，你的头发不是很正常吗？"他回答："我又染回来了。"

D 大概是在 2 年前，离开他的父亲搬到这里，和母亲两个人一起生活。如果不是他父亲担心他，让他来，把他带过来，他应该是不会到我家来的。他的父亲还算是个正常的人，但他母亲有些奇怪。自己的儿子是主犯，是秀猛死亡的罪魁祸首，她似乎没有意识到这一点。

B的父母对他说："如果是你做的，那你就好好承认！"B经常殴打秀猛，其他孩子见到过好多次，我把这些孩子的证言列举出来之后，B承认了，但是他说自己只打了几次。尽管在施暴的次数上撒了谎，但他承认自己打过秀猛。可是，他的这种行为属于暴行或暴力，B好像不太明白。问他："你打过踢过秀猛吧？"他回答："是的。"但是他又说："我没有过暴行。"然后，他父亲生气地对他说："你在说什么？踢人打人就是暴行。"这位父亲还比较明事理，他烫着一头鬈发，外表看起来不像是个正经人，但是实际上明事理的人只有他一个。其他外表看起来很正常的父亲和母亲，孩子们看上去也像是很老实的样子，但实际上都不是这样。例如，C以及D手下的孩子。

大泽先生刚刚说到这里，听到有客人来访。一共5名男女进了门，来到二楼供着佛龛的房间。他们是秀猛学校的老师。他们排成一排坐下了，然后一个接一个去佛龛前上了香。等他们都结束后，大泽先生才开了口。

在佛龛前仍不说实话的老师们

说好了教员大会结束后来我家的吧？请每位老师都谈谈吧！这

次的事件中，是否存在欺凌？是确实发生了欺凌，还是大约50％、30％，或者完全没看到欺凌，老师们，请具体说说自己的意见吧！校长开始说不存在欺凌，后来又承认存在。现在我再问各位老师自己的意见，请不要看其他人的脸色了。您也是一样，请问您是完全没发现欺凌吗？

老师们拘谨着，嘟嘟囔囔地说着"因为我刚刚到这所学校赴任"，"我什么都没发现"之类的，像是辩解一般。

昨天教导主任也来了，他说"没注意到欺凌问题，实在很惭愧"。我说的并不是儿子一个人的事，而是整体的问题。对校园欺凌是怎么认识的，怎么想的，我想听听老师们每个人的想法，我想好好谈谈这件事，可校长只想着如何才能把事情压下来不传到外面，诸位老师也什么都不想说。这样的话，再开多少次教员大会也没什么用吧？我明明已经说了这么多……

真的是，谢谢大家了！

老师们回去之后，大泽先生继续说道。

今天我也去了学校，又说了很多，但是老师们根本不理解我在说什么。"将视线放低"，这是同样经历了孩子欺凌自杀的上越市的伊藤正浩先生说的话。将视线放低，站在孩子的视角，与孩子面对面，哪怕只有一次，也能问出很多信息吧！我说："老师们站在比我们要有利的立场上，总能想办法做到的吧。如果能和孩子们像这样交流几百次，那么孩子们一定会向你们敞开心扉的。"我还问他们：
"为什么不考虑今后怎样才能杜绝欺凌问题？"但实际上不止如此，
学校召开教员大会，也只是讨论如何隐瞒欺凌，所以，真的是无可
救药了。

我呀，只不过读了面向成人的定时制高中，可学校那些人，明
明他们都读到大学毕业了，所想的事情却只有幼儿园小孩的水平。
这不是反过来了吗？真让我怀疑，究竟他们是为了什么读的书、学
的学问。

大概是这个地方的习俗，人们到死者家祭奠时会每人放下 100
日元作为上香的香资，可无论是校长还是班主任，都绝不来道歉，
连一句"对不起"都没有。校长也好，班主任也罢，作为一个人，
最低限度该说的话总要说一句吧！"因为我们监管不足"，或者"对
不起，我没能留意到欺凌"之类的，这种最低限度的话，谁都会说
的话，可是，他们连这话都没说。

午餐时间，秀猛连面包钱都被抢走了。但是班主任却对报社公
开说："只要我没出差，午餐时间肯定和孩子们在一起，但我没发现
有这样的事。"其他的学生都说过："因为无法吃午餐，所以一到午
餐时间，他或者出去不回来，或者就那么低着头坐在自己座位上。"
我用孩子们说的话质问老师："这些情况，老师您怎么可能看不到
呢？"可班主任还是一口咬定"没看到"。他的这种行为简直就是在
教学生们如何撒谎，因为他自己就是在把谎言坚持到底。

B 也是一样，如果父母对他说："你打了别人好多次，不说也不
行，你就老实说吧。"相信他一定会说的。孩子就是这样的。但是，
如果家长告诉他不要说，那他就绝不会说真话的。

校长后来承认了遗书中写的事，但是还是坚持说"我自己没看到"。他们大概觉得这样说就能敷衍过去吧。但是，正常来看，学校总会注意到一些异常吧，会怀疑那可能是校园欺凌吧！一直跟这种人打交道，我自己的脑子都有点儿不正常了，我开始对学校绝望了。

直到最近我才听说，主犯 D 威胁两个同学"拿 4 万日元来"，而这两个人，这事有些难以启齿，他们对秀猛说"如果你套上避孕套就给你减半"，逼迫他套上避孕套还逼他自慰。这种令人羞耻无法和别人说的事不断发生，才将秀猛逼上了绝路。只是想象一下，就让我悲痛到肝肠寸断。

本不想闹上法庭

警察也是，我说这些可能不太好，警察也不是站在我们这一边的。N 课长是负责调查这件事的警官。我为了了解事实真相，曾给 E 同学家里打过几十通电话，请他家里的人让他接电话，可他们就是不让 E 来接。E 家里最后说："警察说了，不用去上香，也不用让孩子接电话。"

当时，我一下子就火了，立刻向 N 课长抗议："他们这么跟我们说，我们还能有什么办法？我们只不过就是想了解事实真相，只是想让他接个电话。"然而 N 课长说："大泽先生，警察怎么会说那种话呢。"我们又去跟 E 家里确认，结果他们还是不让 E 接电话，一口咬定已经把 E 知道的情况原原本本告诉警察了，让我们去问警察。

当时我们也没有其他的办法，虽然也想着可能这样做有些不合适，但当时实在是太生气了，我们就一家 7 口人带着秀猛的遗像，一起站在 E 家门口，要求他们让 E 接电话。然后，他们就叫了警察，警车也来了。

前面也说过，三儿子最疼弟弟，是他不停对死去的秀猛说着"闭眼吧、闭眼吧"，然后合上了秀猛大睁着的眼睛。他当时最火大，态度有些粗鲁，可能他想着要给秀猛报仇，怒吼着："出来！"所以对方也有些害怕吧。

但是，警察是不能阻止我们的行为的。我们失去了儿子，哥哥们失去了弟弟，做这些也是理所当然的吧。警察对我们说："夜深了，对方如果起诉的话，你家反而会成为加害者的，你们最好还是回去吧！"于是，我们也对警察说："我们不会做什么粗暴的事，就是想知道真相，只是来恳请他们让 E 同学接电话的。"

我们能做的恐怕只有上法庭了吧。但是，原本我们并不想闹上法庭的。要想杜绝今后的校园欺凌，学校要做的，只是把之前的事情原原本本地说出来。这样一来，社会对学校的评价应该也会改观的，反而会说学校虽然发生了这样的事，但事后处理得很好。这样就能为其他学校树立一个榜样，日本全国的学校也会像这样去处理，如果是那样的话，我也不会想继续追究了。当然，学校可能会被追究一定的责任，但我从没想过追究更多。

秀猛的班主任，以及那个把欺凌说成是打闹的 A 的班主任，这两名老师和他们班的家长都在教孩子演戏，教 A "就说那是打闹"。所以，我今天去了学校，去对他们说"你们不要再教孩子演戏了"。

然后，他们竟然在我要离开时，对我说："大泽先生，警察已经展开了广泛的调查，所以就交给警察处理吧。"还说："即使他说了谎，就像您说的，其他孩子也会作证的，所以总会弄清楚的，交给警察就好了。"总之，他们现在是要把施暴的学生割舍掉，将他们从学校切割出去。

因为发生了这样的事情，我开始产生怀疑，不明白自己到底是在做什么。并不是质疑自己是谁，而是在校长室和老师们谈过话之后，开始质疑自己到底来学校干什么。我苦口婆心地说了一个多小时，流着眼泪说了一个多小时，跟学校说我们一起想办法改善，一起想办法杜绝校园欺凌吧。可在这之后，学校想的只是要把犯事儿的孩子和学校切割开。他们已经有了结论，那就是只要把施暴的孩子交给警察就好了。

发生了这样的事，校长肯定会成为靶子，最终要接受处分，但在那之前他为什么不能考虑一下要怎么做才能杜绝欺凌呢？为什么不考虑一下自己的责任是什么呢？老师们也是，为什么不考虑今后到底该怎么做，作为教师的责任到底是什么呢？班主任自不必说，足球部的教练等等，这些人都应该负责。

这场斗争很困难。为了活下去，我有我自己的工作，现在不得不牺牲掉工作。秀猛死的那一刻，我已经失去了人生的大半，现在我被夺去了人生的全部。我还有三个儿子，他们都在工厂工作，所以我也要为他们考虑。

我家和学校所想的当然不同，但有时我也会多少萌生想要放弃的念头，想着算了就这样吧，就交给警察处理吧。尤其是像今天这样，看到学校的这种态度之后，我会不明白自己到底在做什么。会去想如果学校是这种态度，那我也放弃吧，只要自己的孩子不被欺凌就好了，今后只要注意这一点就行了！我也会产生这种念头。现在，其他人大概都是这么想的吧。

实施欺凌的孩子，在做那些事时并没有多少罪恶感。我了解到，秀猛在走廊走着时，20个男生，还有几个女生，一起从背后打他踢他。可就连带头动手的孩子都只是辩解，说因为大家都干了他才干的，其他的学生就更没把这些当回事了。可是，被打的人，是很难忍受的。这些人能深刻反省就好了，如果有一天，这个地方的人们提起此事，能说一句"校园欺凌问题消失了，大泽同学的父亲为了大家很努力啊"就好了！而不是来孤立我，那样才是最好的解决方法。

对秀猛，我打算着将来让他去跑业务，哥哥们也一直教给他家里工厂加工的事，他自己也想将来为家里工厂工作，打算中学毕业后去读商业学校。我家开工厂曾经失败过一次，所以家里人都很团结。不管是去吃饭，还是去海水浴场，干什么都是全家人一起去，没有一个孩子不去。

最小的秀猛，是最体贴的一个孩子。他真是一个性情温和，为父母着想的好孩子啊，也很坚强，是绝不可能会去死的孩子啊！现在，他却死了。

11   想对认为"我家孩子是欺负人的那个，所以我很放心"的家长说

伊藤正浩（39 岁）

1995 年 11 月 27 日，新潟县上越市，市立春日中学初一学生、伊藤家的长子伊藤准（13 岁），在自家院中篮球架的篮筐上自缢身亡。遗书中列出了对他实施欺凌的 5 名同班同学的名字。

准学习很好，在篮球部也干劲十足，画画好，书法很好，还担任着年级主席，性格很开朗。这样一个孩子，也受到了欺凌。父亲正浩先生一脸困惑地说："现在只要是和大家不一样，就会被欺凌。"

正浩先生说，他四处奔走找施暴的孩子们取证，是因为学校否认存在欺凌，这是"保护儿子名誉"的行为。

正浩先生还说："欺凌带来的内心痛苦，对每个孩子（无论是加害者还是受害者）来说都各有不同。"但是，校方并不能理解这一点。

4 月，准的妹妹上了小学。在孩子的教育中，要成为一个"难

缠的家长"，自己如果不努力，那么小女儿也不会有未来，正浩先生
已经下定了决心。

没注意到孩子发出的 SOS 信号

直至今日我想的最多的，就是准出事的前一天，11 月 26 日晚
上 11 点吃夜宵的事，这件事让我忘不了。出事之后经常有人问我：
"完全没注意到孩子的异常吗？"真是很难注意到。孩子确实有些变
化，例如，因为是我做饭，所以注意到他的食欲大减，而且他晚上
很难入睡，常常到 12 点左右还不睡，这样一来，早上就很难起来。
然后，他嘴唇也变得比较干燥，脸色也不太好。

我想，即使没到苦恼到活不下去的程度，只要孩子在学校里遇
到什么问题，开始烦恼时，健康状况一定会出现一些变化。平时，
即使我们父子之间发生争吵，我拍了他的脑袋，他也不过是跑上二
楼回自己的房间就完了，第二天早上，又会若无其事地来吃饭。亲
子之间的争吵，一个晚上就能消除。但在学校受到的伤害、从朋友
那里受到的伤害，很难消除，会不断堆积。很多家长都是一样，只
要看着自己的孩子，会发现一些变化的。我想即使不是遭受欺凌，
当家长发现孩子的变化时，就有必要追问一下学校。

那天，我在楼下喊"夜宵做好了，快下来吃吧"，然后我们父子
二人一起看着电视里的体育新闻，一起吃了面包喝了牛奶，也没特
别交谈。到了 11 点半，我说"该睡觉了"，他回答"知道了"，然后

就上二楼回了自己的房间。现在想想，如果我当时跟他说点什么就好了，哪怕准不回答我也没关系。想起那天的事情，这一点令我后悔不已。

直到两个小时前还一起待着，一起吃了东西，我竟然没有注意到孩子的异样，因此即使被人指责我是懈怠的家长，我也无话可说。如果当时再仔细观察一下准的状况就好了！现在回头想想，能想到很多异常，但当时我却完全没有意识到，因此我只能深深自责。

从哪里能察觉到孩子的情绪，什么样的状况是危险的，到了哪种程度是亮了红灯，要分辨那是黄灯还是红灯，这真的很难。我想，孩子话变少了时，家长就要意识到危险。无论是男孩还是女孩，可能都很少和男性家长诉说。所以孩子和女性家长、和母亲的对话是非常重要的。很多时候，相比父亲，或许母亲更容易察觉孩子的心情。但是，我家刚好没有孩子可以与之商量的女性家长，这也是最令我感到懊恼之处。

竟然没有注意到自己的孩子抱有烦恼，身为家长我实在是太不仔细了。孩子的行为或者身体状况出现变化时，即使问了，很多时候孩子也不会回答，所以最好还是去找班主任老师商量。因为班主任至少比家长和孩子接触的时间更长，对孩子在学校的情况也比家长更了解。

通过遗书才知道存在欺凌

儿子去世时，警察把他脚下的遗书带走了，我没看到遗书的内容，所以我一直在想，里面到底写了什么，是不是家庭问题，一直在反省自己。我想都没想过会是欺凌。我真是一个懈怠的父亲，因为我完全没注意到儿子被欺凌的事。我一直认为准是因为他自己的什么事，或者是家庭问题才想不开的，所以出事之后我不停自责，带着深深的自责，去了警察那里。

警察把遗书的复印件拿给我看了，读到遗书的内容，我一下就惊慌失措起来。如果是因为父母的问题导致孩子死去的话，那我就用余生一直自责就够了。但是遗书里，却列出了欺凌准的几个孩子的名字，令我越发郁郁难平。

各位家人，请原谅我先离开了。

被父亲批评之后不再到我家来的××同学、××同学、××同学，还有××同学、××同学，在学校一直欺凌我。

大家一夜之间态度就变了，都开始无视我。扫除时间，他们在卫生间脱我的衣服，还用水泼我。他们经常打来骚扰电话，如果是我接，我一拿起听筒，电话就会被挂掉。

而且，我还经常丢钱。带着两枚 500 日元的硬币去学校，回来时就剩一枚了。这种事情发生过好多次，至今为止我已经被拿走近 5000 日元了。

类似的事情还有很多，我已经无法忍耐了。虽然我在学校还有朋友，但是我觉得他们会让那个朋友也无视我，那太可怕了。活着太可怕了。那些家伙夺走了我的人生。我不想再活下去了，请允许我死去吧。

然后，爸爸，谢谢你给我买了自行车。刚骑了还不到一周，

但我真的很感谢你。请把自行车送给小××^①吧。

那些家伙还欺凌了××同学和其他很多人。××等人好像还不明白他们所做的是多么坏的事，所以我要为此牺牲了。

我还能穿的那些外套和衣服请送给小××、小××和××同学吧。我的东西，留着也没什么用，就按我说的送人吧。篮球架请送给××同学吧。

各位家人们，感谢你们长期以来对我的照顾。

平成七年^②11 月 23 日

春日中学初一 5 班 3 号

伊藤准

检查遗物的老师们

遗书中写的"被父亲批评之后不再到我家来"，我想说的是那件事吧，这些孩子在早上 6 点晨练之前就跑到我家院子里，用那里的篮球架练习，我说了他们。他们一大早就跑来打球，实在是太吵了。而且，我家孩子都跑到听不到动静的小平房里去睡觉了，能看出来，他们在院里吵吵嚷嚷的，影响到我家孩子休息了。他们一般在吃早饭前练习篮球，篮球只要有球架和球在哪儿都能打，所以他们就上

---

① "小××"表示比较亲昵的称呼，应该都是准要好的朋友。

② 1995 年。

学之前跑到我家院子里来打球了。他们从每日便利店里买了吃的带着，打完球就吃那个当早饭。当时我批评了他们。

我一直没意识到欺凌会和我家孩子扯上关系，因为准成绩很好，运动也不错，我觉得他在学校里应该过得还不错。篮球的这件事，我也觉得就是再平常不过的和孩子朋友之间的交流。

但是，我家孩子在学校里，被人脱了衣服受了侮辱。可校方的说辞却成了互相脱衣服。然后我自己专门去询问了加害者，他说是强行把准的衣服脱了下来。如果是强行脱了准的衣服，校方就会有麻烦，因为这就说明存在严重的欺凌；但如果偷换概念，说成是互相脱衣服，那学校就没有责任了。如果不把责任分散就要让一个人背负，总之，校方就是把事情不断导向对学校有利的方向。

学校首先考虑的就是怎么做以后才不会被追究责任。我还从我母亲那里听说，有一次，她看到准的衣服被扯破了，问过他："你是不是被欺负了？要不要奶奶帮你跟学校说？"但儿子回答："如果那么做，我才真会被欺负的。"

其他学校的情况我不太了解，但在春日中学，我家孩子所在的初一 5 班，男生一共只有 18 人。上课时如果是女老师进了班里，男生就离开座位，又是去踢老师的讲台，又是在班里唱歌。几乎每节课都是如此，根本上不成课。女老师也觉得很棘手，就在上课时把年级主任和其他学生害怕的老师叫到教室里来，可是依然没能解决。课上踢桌子和站起来唱歌的，是固定的几个学生。我曾问过儿子的遗书中列出来的 5 人团伙，他们说从第一学期期末就开始做这些事了，但是老师从未把他们从教室里叫出来，也一次都没有批评过他们。

选择死去的孩子并不是软弱的。实施欺凌的孩子有 10 人，学校里有 500 多个孩子，而死去的孩子只有 1 人，如果把原因推到这 1 个孩子身上，说自杀是因为他太软弱了，那么学校会轻松许多吧。但是，为什么大家不能直接把心里想的说出口呢，直接说"不是那样的，错的是实施欺凌的人"。难道在犯罪事件中，也会有人说错的是被杀的人吗？

受打击最大的、最痛苦的是我们这些家人。我们并不是想把周围的人卷进来，只是觉得加害者应该受到一定的制裁。无论是即将召开的毕业典礼还是其他的，这些都不如生命更重要。准结束了自己的生命，我想，处理这件事，应该比学校的任何活动都要优先。

有人死了，这应该要优先处理，比起任何其他事都要优先。因为只要还活着，其他的事情都还能做。我想如果不明确这一立场，那么亡故的孩子就会逐渐被遗忘，他究竟是为何被逼上绝路的，这一点在之后也会被歪曲。那么，同样的事件还会发生。

学校主张孩子自杀是因为对家庭不满。事到如今，为何突然这么说，这让我觉得很不可思议。因为在准死后，我第一次在校长室和校方谈话时，他们并未说过这件事。后来，我才从其他老师那里听说，实际上，27 日准去世之后，在 29 日那天放学之后，老师把准留在学校书桌里的笔记本以及课本之类的个人物品取出来时，在偶然翻开着的一页上，刚好看到写着他对家庭的不满。书桌里的笔记本以及书籍一共有 10 本，只有一本刚好翻开着，还刚好是那一页，这怎么可能呢？

最初，学校坚持说笔记本就是刚好摊开在那一页，是巧合。但在我的反复追问下，才知道事实并非如此，是老师们把准遗留在学校的物品，一页一页都翻看了一遍。因为遗书里写了很多和加害者有关的内容，学校担心，万一孩子在其他地方还写了学校的事，那就麻烦了。所以他们好几位老师——我想班主任、年级主任和教导主任肯定都参与了——他们一起仔细翻查了准的所有遗留物品。

但是，应该怎么说呢，学校的这种态度，先考虑把对校方不利的事情都隐瞒下来的这种态度，实在是太过分了，为什么要做到这种地步呢？我其实并不认为这件事全是学校的责任。我还对校方说过，发生这样的事情是因父母失职，我也有责任。

作为父母，自己的孩子以这种方式不幸地死去，我肯定一生都要背负着悔恨活下去。但另一方面，确实，家长只是反省自责，并不会受到其他社会性的制裁，而老师可能会成为被制裁的对象，所以他们才拼命保护自己。尽管如此，好几名老师聚在空无一人的教室里，偷偷打开已经亡故的孩子的抽屉，细细翻查，就连体操服的口袋都不放过……仅仅是在脑中想象一下这幅光景，就让我感到不寒而栗。

坚持孩子遗志的重要性

提起这些实在是让人觉得可悲，但老师们真的是很擅长推脱责任，是完全无法信赖的一群可悲的人。通过这次的事件，我切身体会到了这一点。另外，我也听其他与我情况相同的家长们说过这些，所以我想每个家庭都要认真考虑一下，根据各自的状况，考虑应该如何和老师交涉。

孩子，尤其是青春期的孩子，无论发生什么样的事情，都不希望自己遭遇到欺凌的事被家长知道，不想给任何人看自己内心受到的伤害。所以，这些事情他们是绝不会对家长说的。随着年龄增长，孩子们应该能为自己找到退路。最为重要的是，老师能早早注意到这些，将他们往好的方向引导。因为老师一看就知道哪些孩子在欺负人。老师发现之后，及时提醒那些孩子注意，这也很重要，另外，我希望老师还能加强对这些实施欺凌的学生的家长们的指导。

从社会的角度来看，老师是一种不可思议的存在，他们会说还肩负着很多其他课题，所以不能把时间都用在解决校园欺凌上，会用没有时间、没空等借口来逃避。因此，人们在判断哪些事重要、哪些事次要时，会出现决定性的失误。

如果认为家长关心的事无非是让孩子在学校好好学习，升入高中，再考上大学，那么我希望首先要纠正这种认识。当然，这个问题也不能只责怪老师，因为老师一旦减少上课时间，把时间用来和学生谈话，家委会马上就会提意见。

孩子自杀了，家长会陷入惊慌，手足无措，再加上处理后事，为孩子操持葬礼等，会忙得没有时间，顾不上马上去追究原因。但在遗属顾不上追究、保持沉默的这个阶段，学校就已经做好了各种准备。因此，如果想要实现孩子的遗愿，身为父母，一定要相信孩子留下的遗书，无论之后遇到什么状况，都要相信孩子最后写下的话，围绕这些行动。学校想的是无论如何都要遮盖过去，但是家长必须要坚持孩子的遗志。对方想要隐瞒，我们想要揭露真相，双方会越发背道而驰。这时，要想实现孩子遗愿，什么是最重要的呢？我想是加害者的话、当事者的话。这些是能留到最后的，所以必须要用录音或者书面的形式将当事者的话保存下来。不过，在事发不久的阶段，想要拿到书面形式的证言，是比较困难的。

孩子的葬礼结束之后，我就想着必须要通过某种形式拿到证言，想了各种办法，最后考虑到可操作性，还是决定采用录音的方式。然后，12月4日晚上8点15分，我开始收集和5名当事人的谈话记录。那是最早的录音。事件发生已经一周了，但对方还处在惊慌失措中，所以都老老实实地说了实情。他们的父母也在一旁说着些什么。不得不说，如果当时没有留下这些证据的话，那么准事件的真相最后就无法浮出水面了。

教委主任一开始在新闻发布会上说，欺凌是"间接原因"，但第二天就到我家来谢罪，一夜之间突然改变了说法，欺凌变成了"要因"。他的语句中没有透露更多信息，为何突然变了说法，承认"欺凌是导致自杀的主要原因"了呢？这让我觉得十分不可思议。总之，我想家长还是必须要自己调查，自己拿到证据。

在那之前，我与儿子遗书中列出名字的几名当事人，或是通过电话确认，或是直接面谈过了。而且无论是电话还是面谈都用录音机录了音。这些当事人所说的内容，和学校提交的报告书里的内容完全不同。我问过他们："相同的内容你告诉警察和学校了吗？"得到的回答是："是的，都说了。"但是，学校却拿来了内容完全不同的报告书。学校的报告书里写着，在11月以前不存在欺凌，没有人脱准的衣服，只是按了他的头，不过是学生在闹着玩。但当事人说的是强行脱了准的衣服，还勒了他的脖子。这怎么可能是闹着玩呢？

总之，因失去孩子而产生的悲痛，要暂时压抑住。首先必须要做的事情，就是实现孩子的遗愿。因为我完全相信准最后写下的内容，所以才从3个当事人那里录到了长达7个小时的语音证据。

我想他们应该也有各自的反省。不过，这些孩子为什么会做出这些事来，必须综合考虑各方面的因素，包括实施欺凌的孩子的家庭环境，我家的家庭环境，以及学校老师们的应对等，整体来看待。究其根源，还是由成人社会的问题所导致的整个社会的扭曲。

之后，我曾把录音给某位报社的记者听过。那位记者去教育委员会时说起了此事。然后教育委员会主任立刻和市长讨论了这件事，并马上来到我家谢罪，中间只有2个小时。他说要重新召开记者招待会，说是"实在抱歉，之前我说了不恰当的话，我要为此谢罪"。不过是短短2个小时，事态就整个反转了。所以，还是掌握事实最重要。考虑好自己要从哪里、如何掌握这些事实，这是最重要的。如果只是等着学校的调查，那恐怕就……

就像我们在买电器或者车的时候，有时碰巧买对了，有时也会买错。这么说可能不太合适，但是我想，遇到什么样的老师也是随机的。如果碰巧遇到一位好老师，那孩子就能度过非常幸福快乐的学校生活，如果不幸没碰到对的人的话，那不幸的日子就要开始了。还有，管理全校的校长，也包括教导主任，这些人的想法更是极其关键的。

个别的老师再怎么说，也大都是一时的，而是否能碰到对的学校负责人，对孩子们的影响是最大的。但很遗憾，我想，在春日中学，我们很不幸碰到了一名不好的校长。

对这名校长，我所了解的只是他在这次事件中的态度，但我想他是个什么样的人，由此也可见一斑。例如，出事后不让我和班主任谈话，这就能看出他的处事风格，总之，我只能得出"没遇对人"的结论。

我家孩子很喜欢班主任老师。在11月16日的班级日志里他写道："太好了！我有了喜欢的人，终于我的春天也到了。"这些事他都没有告诉家长，却写给老师看了，由此能看出他对老师的信任。对孩子信任的那名老师，身为父母，我也无法出言责怪。因为我觉得如果我责怪了那名老师的话，儿子的在天之灵恐怕会对我说："爸爸，你在做什么呐？"

准和我都对那名老师抱有期待。可能我们的期待过高了。我想那名老师也需要进一步认真思考整个事件，我也要反思不能对老师过分期待。但同时，我也不由得想到，如果对老师也不能抱有期待的话，那接下来对小女儿的教育，我究竟应该怎么办才好呢？

说出"我家孩子是欺负人的那个，所以我很放心"的家长

我自己是个很单纯的人，所以在不断回顾反思自己时，脑子里会一直想，对小女儿我应该怎么办呢？孩子逐渐长大，和家长的对话会越来越少，所以可能有一些困难发生。同时我也想到，每位家长都应该审视一下各自的家庭，想想怎么做才能消除家庭内部亲子之间的隔阂，营造能够坦诚交流的家庭氛围。

前两天我有事，去了趟法务局，看到人权咨询室贴着一张内容很好的海报。那是提倡保护儿童人权的海报，上面写着"不欺凌他人，不被他人欺凌，不允许欺凌存在"，简直太好了！这么好的海报为什么只贴在咨询室呢？这样就不容易被人看到了。这样的海报真应该贴在一般家庭的起居室里，这样10天左右就可以谈论1次这个话题，看到孩子没什么精神时，也能看看这张海报，以此为契机开启这个话题，问问孩子："你在学校没欺凌他人吧？

也没被他人欺凌吧?"所以,我要了一张海报,拿回家立刻就贴在了起居室里。

我方的律师提出要求赔偿损失之后,加害方那6家人集体去了学校,请求学校帮忙请市里的律师来帮自己。我想学校应该也有些为难吧,但最终学校好像还是为他们介绍了律师。加害者与学校是一体的。我作为同样的市民,也对学校说过"请为我介绍律师",学校却回答"我们不能这么做",将我回绝了,而且没有告诉我任何理由。为达成和解,我们双方的律师正在交涉,我对加害者的家长明确地说了:"如果你们不服,可以去找警察,请求警察撤销对你们孩子的教导处分。只要警察撤销处分,我就不再追究你们的任何责任。但是,如果你们做不到,就请停止为自己开脱的行为吧。"

我还对他们说,既然大家都等着警察做出判断,然后承认了欺凌的事实,答应了我家提出来的谢罪要求,那么就请不要再反复辩解了,还说什么无法认同警察的调查结果,不明白为何要对你们的孩子做出教导处罚之类的。尽管我这么说,可家长们还是不能理解。他们一直认为"我家孩子没干什么过分的事"。如果没做过分的事,警察又怎么会处罚你家孩子呢?家长一直这么逃避,对孩子绝对是没有好处的。

例如,到我家来的家长中,有一名父亲,对自己的孩子在学校做了什么,真是一无所知。他竟然说:"伊藤先生您说我家孩子在扫除时间实施了欺凌,可是我家孩子学校扫除一结束马上就回家了呀。"但是,他不知道,学校的扫除是安排在两节课之间,在供餐时间进行的。可以看出,准去世已经4个月了,这名家长对孩子学校生活的时间安排依旧一无所知，完全不清楚什么时间做哪些事，应该是事发之后从来没和孩子认真谈过。加害方的家里，从未对发生的事件进行过深谈。他们应该是觉得，只要来我家上炷香就完事了吧。

前几日，我参加了一个朋友聚会。来的好多人在儿子出事之后我还一直没见过，其中有名50多岁的男性家长对我说："伊藤先生，您家里出了这种事一定很难过，请一定加油。"他这么慰问过我之后，接着又说："我家孩子比较调皮，是欺负人的那个，所以我很放心。"听了这话，我真是目瞪口呆。因为当时很多人都在，我没有特意反驳他，但我想，欺凌者的父母，应该多考虑一下被欺凌的孩子和他们的父母。有欺负人的孩子，就有因被欺凌而痛哭的孩子，而且不止一个。

身为父母，无论孩子是欺凌别人还是被欺凌，都必须想办法避免。我想，这才是解决欺凌问题的关键。然而，这名家长却说只要自己的孩子是欺负人的那个，而不是被欺负的，不会被逼死，就能放心了。怎么能允许这种观念存在呢？如果任由这种观念在日本各地横行，那就真的无可救药了。

"我家孩子在欺凌他人，这真是太恶劣了，如果对方因此不去上学怎么办，万一对方因此而死去那可怎么办"，我认为家长应该更多地去思考这样的问题。

孩子死了是因为父亲有错，是因为家庭有问题；反之，孩子教育得成功是因为父亲靠得住——世人满不在乎地大谈这些，但是，这种话与刚刚提到的那名父亲的发言一样，遗属听了都会很气愤。

老师、校长和教委会主任做了什么

听说去年（1995年）年末，上越市校长会举办了年终联欢会。据参加的老师说，在宴席上，春日中学的校长对其他校长说："伊藤家的事真让我头疼。我因此被谴责个不停。但之所以发生那件事，与其说是学校的问题，倒不如说是因为伊藤家有问题。"那名老师听到这话，特意来到我家，将这些不堪入耳的话告诉了我们。当然，我是不会去找那名校长确认此事的。

尽管教育委员会主任已经说过，欺凌是导致事件发生的原因，但在宴席上，那名校长还是厚颜无耻地说着这种话。一个孩子死了，身为教育者，这个人究竟在想些什么？只想着在那个场合上敷衍过去吧，那种人真是太坏了。

之后，据说这名校长在第三学期的开学典礼上发言说："让我们一起早日忘掉这次事件，迎接新的学期吧。"听参与报道的记者说起此事，我很吃惊。因为就在2个月之前，这名校长刚刚说过："我们一定严肃看待这件事，绝不能忘记。"真是不可思议！到底哪个才是真话？如果说忘记自杀的事是为了迈出新的一步，也是教育的一环，那也无话可说了。从事教师这个职业的人里，真是有很多匪夷所思的人。

老师应该是过于轻慢了，认为自己班里绝不会发生孩子自杀之类的事。糟糕的不是有人自杀，而是存在欺凌的事实，但老师却不会这么想。他们的想象力有着根本性的缺乏，缺乏有孩子被欺凌是很危险的这种意识。他们觉得这种程度的欺凌不会有人死的，如此毫无理由地掉以轻心，这就是问题所在。

令人感到不可思议的是——实在是不可思议——班主任背后有强大的后盾，那就是学校这个组织。无论发生什么，班主任都几乎不会被处罚，因为学校以及教育委员会在保护他们。因此，大家会轻松地将一切都抛之脑后。恐怕他们只会想着，不过是在一两个月的时间里低下头，然后事件就会过去，时间会解决一切，这不过是漫长教师生涯中的短短几个月而已。他们会觉得，欺凌这种事到处都会发生呀。老师以及学校之所以能够逃避责任，是因为有教育委员会的支持。

当初，出事之后，我就提出要和班主任谈谈，但出面和我交涉的并不是班主任，而是变成了教导主任和校长。随后，校长因为随口说出不该说的话，也被踢出和我们交涉的队伍，这次换成了教育委员会的教育课长，之后出面的是教育委员会主任。到了这个阶段，学校的意见已经无关紧要了，教育委员会成了交涉窗口。

和教委会主任交涉时，他说已经和市里的律师一起起草了文书，要如何如何谢罪。虽然不尽如人意，但我想着，与其他县的教育委员会相比，他已经算是做得好的了，于是也做了让步。没想到，春日中学对文书的内容提出意见，说不能接受。他们主要是对其中的"教育上考虑不周"这句话有意见。明明之前他们把一切都交给教育委员会来处理，但谢罪文书写好后，他们又出来反对。最初我完全不明白他们为何会反对。

但过了不久，这个谜题就解开了。原来，如果教育委员会认定学校有责任的话，那教导主任就无法再升任校长，校长也无法留在教育委员会里了，所以他们才会出来横加干涉，提出事到如今还谢什么罪之类的。但我一开始并不知道这些，只是觉得非常不可思议。然后，校长在开学典礼上，就有了"早日忘记"的发言。

就像这样，学校对各类文书中的用词都非常在意，不肯退让。在"事故报告书"的事情上，我和学校交涉了整整 3 天。学校坚持不承认导致自杀的原因是欺凌，无论如何一定要在报告书中加上一句"自杀原因尚未明确"。不过经过交涉，他们最终还是删掉了这句话。

删了这句话之后，他们又提出"疑似欺凌行为"是导致死亡的原因。为了让他们删掉"疑似"这个词，我又花了 1 天多的时间。接下来，他们说要加上"与遗书内容相似的声音"，等等。就这样，他们不断想出各种字眼来逃避责任。

最初，市教育委员会主任谢罪说，春日中学负有教育上以及道义上的责任。县教育委员马上叱责说，这话有些过了，提出希望去掉"教育上"，只保留"道义上的责任"。之后，又改换字眼，把"承认"换成了"感到"，变成了"感到……负有道义上的责任"。为了让他们再改回"承认"，我又花了近 1 天的时间。总之，他们就这样不断改换字眼，每次换词都是学校去和律师及县教育委员会商量的结果。

请老师不要一个人背负校园欺凌问题的责任

父母变得强势起来，成为难缠的家长，那学校也会战战兢兢。他们会想：伊藤家相当不好惹，事态已经变成这样了，我们要多加注意。因此，至少在和自己孩子有关的事上，必须要成为让学校觉得难缠的家长。如果学校因此反过来以某种形式给孩子施加压力的话，那只要更加严厉地问责老师就行了。

必须要有耐性，要坚持不懈。事实上，我的小女儿现在上小学了，学校对她非常谨慎。他们知道一旦发生什么事就麻烦了，对伊藤要小心对待。当然，原本不应该是这样，他们本应该对班里 40 个孩子的每一个都认真对待。

毫无防备地让大儿子进了春日中学，这是我们家长的责任。因为我们完全不知道那所学校竟然如此恶劣。完全不了解内情就把孩子交给了那所学校，这是我一生中最大的失职。

对女儿的小学，我自己做了份文件，列出各种事项，交给学校，请他们如果发现这些迹象就立刻联络我。然后趁着家庭访问、家长面谈等时机，我都会一一确认，是否有文件中提到的情况发生。

虽然已经说过了，我要再强调一次，糟糕的不是孩子自杀了，比学生自杀更糟糕的，是校园欺凌横行。我也对学校说过，存在欺凌，这并不是老师之耻，因为欺凌在哪里都有可能发生。但如果对家长隐瞒欺凌的事实，那就是老师的问题了。我反复对老师这么说，向他们强调校园欺凌很普遍，这是为了从一开始就减轻老师肩上的重担。

我认为如果发生了校园欺凌，老师不需要自己一个人背负责任，不用硬撑着把责任都揽到自己身上。在学校里，只靠老师一人无法解决问题的话，那也没关系。可以把被欺凌的孩子的家长，以及欺凌者的家长都叫到学校，大家一起解决。老师自己一个人无法消化处理的事情，把家长叫来一起解决就行了。

家长要对他们的孩子负责，不只是欺凌者的家长，把被欺凌者的家长也一起叫到学校，告诉他们你家孩子做了这样这样的事，需要改正，作为父母要更注意观察你家孩子等等，老师坦诚地和家长交流就行了。像这样把双方家长叫到一起，本身就是有意义的。老师无需独自一人去处理，不用把什么都揽到自己身上。教导孩子的责任主要在父母身上，所以可以对父母提出更多的要求。

在我想到这些时，还发生了另外一件事。我家的小女儿上小学之前，还在保育园时，好像遇到了一些麻烦，早上我要送她出门时，她哭了起来，说不想去保育园。我问她为什么，她就告诉我发生过的一些小事，因为这些事她被朋友孤立了。

她所在的班里一共只有 5 个女孩，孩子的奶奶就把孙女被孤立的事告诉了园长。我想着这样大概就能解决了吧，但 2 天后女儿又说她不愿意去保育园，所以我找了负责她们班的老师，问："打算怎么处理?"老师回答说："我也不知道。"

于是我就说："老师，我家孩子说了孤立她的是谁谁，能不能请老师联系那个孩子的父亲，让我们见面谈一下?"其实，那名父亲我也认识，可以直接去找他，但我特意请老师介入，一起见了面。

我告诉那个孩子的家长发生了这样这样的事情，因为两个孩子都还小，那名家长和孩子交谈的工夫，我们两家人——包括孩子和家长——就一起玩起来了。第二天，女儿就开开心心地去保育园了。所以，我想，不要把事情只交给老师处理，有时候双方家长加上孩子一起见个面，好好谈谈，事情就会圆满解决。当然，并非所有的事都能这样解决，但至少比什么都不做要好得多。

准是一个即使被班里同学起哄，也会举手明确说出自己意见的孩子。为了让这个一路正直前行的孩子不为我感到羞耻，我想无论遭受多少社会的谴责，即使被人说我是莫名其妙，哪怕是要花上一生的时间，我也要为他而尽力，做我力所能及的事。

12 学校不是搭上性命也要去的地方

池水安子（40岁）

1995年5月31日，在鹿儿岛市，池水家长子池水大辅（14岁）于自家阳台自缢身亡。大辅当时就读初三，刚从福冈县转学至父亲故乡的鹿儿岛市立坂元中学，还不到2个月。家长向教育委员会要求，公开学校对发生在孩子们中间的欺凌真相的调查资料，收到答复说资料为"非公开"文件。家长现已就此提出异议。校方的"事故报告书"在公开时，大部分项目已被涂黑。

未发现遗书，学校因而一度否认存在欺凌。约10天之后，学校终于承认"自杀的原因为欺凌"。

大辅转到现在的中学后不久，他的2名同级学生来到家中，当着大辅弟弟的面殴打了他，以保护费的名义抢走2000日元，然后回家去了。这种行为简直与黑社会无异，但校方以加害方的家长与孩子已经道了歉为由，了结了此事。班里的同学也迎合暴力的学生，开始对大辅实施欺凌，骂他"真恶心""罗圈腿"等等，对他恶语相向，最终发展到整个年级的集体欺凌。

母亲安子女士发现儿子被欺凌后，向班主任控诉，要求班主任"提醒同学注意"，但校方对此漠不关心，完全没有理睬。

　　"大辅5岁时，生过一场大病，徘徊在生死边缘。他是一个懂得生命珍贵的孩子。"安子女士带着哭腔诉说着。

转学第3天就遭遇了暴力恐吓

　　校长在守灵夜来了，但当时的情况我们完全没有印象了，因为当时我们都悲恸欲绝。次日6月1日，是大辅的葬礼，看到那天的晨报，我大吃一惊。因为报道里写着"欺凌问题已经解决了"，报道内容就好像完全不存在欺凌一样。

　　之前，我看到孩子样子很奇怪，就感觉一定是学校里发生了什么事。学校所说的"欺凌问题已经解决了"，指的应该只是大辅刚开始遭遇到的暴力恐吓事件。当时学校说"让施暴方道了歉，所以事情已经解决了"。

　　很久之后，我才从报社记者那里听说，学校好像说过，大辅出事当天，我笑容满面地说"这完全不是学校的责任"。我从未说过那样的话，而且自己的孩子去世当天，身为母亲怎么可能会笑容满面？再后来我才听报社记者说，是教导主任这么说的。在守灵夜，学校的老师们的确到家里来了，但当时我受到巨大打击，一直是呆呆的状态，只是低头行礼，一句话都没有说过。

　　大辅去世当日，5月31日，学校召开了记者招待会。学校在会上声称，已查明，只发生过一次暴力恐吓，其他情况学校一概不知。

我们在福冈住了3年，直到那个孩子初二，当时刚刚搬到鹿儿岛不久。大辅从小学六年级开始，初一、初二都是在福冈读的。4月份，也就是初三的第一个学期，他才转学过来。大辅以前读过的小学的朋友也在这所学校，所以才转到这里来的。这所中学的生源来自两所小学，所以我想着，应该有一半学生是大辅以前就读的同一所小学的朋友。

葬礼那天，班主任拿来了一捆信，说："这是让孩子们写的作文，请放进灵柩里吧。"信一共有33封，其中的28封写的都是"大辅你一直都是一个人待着""没和你说过一次话啊""你常常一个人孤孤单单的呀"之类的内容。有一封信让我很在意，信里写了"你之所以会这样，我想都是我的错"。写信的孩子从上小学时就和大辅很要好，读了那封信我才了解到，原来关系那么好的朋友都不和他说话了。

所以我想，转学过来之后，大辅应该一直都很孤单，小学的朋友们恐怕也没能帮上他。出事之后，一个男生来我家看望时，曾说过："有人被欺凌的时候，想着至少我自己没被欺负，就放心了。"这些信中渗透出的，全是这种冷漠。

后来，在大辅去世后，一名女生的妈妈到家里来了，她说："我家孩子也被欺凌了，但我跟学校说了学校也不给解决，只能自己忍着。"从她的话里可以知道，学校里一直存在校园欺凌，但谁都没对外说，只是默默忍耐，所以我们才一直不知情。

我觉得大辅一定是被大家欺凌了，这种信不能放到他的灵柩里，把这种东西放进去的话，大辅就太可怜了。于是，最后我把一度放进灵柩中的这些信，又全部都拿了出来。这些信里完全没写欺凌的具体情况，只是写了，"你一个人很孤单""你一直一个人孤零零的""有人说了好笑的话你也笑了"之类的。里面有好几封信，很明显是用橡皮将之前写的内容全部擦掉之后又重新写的。

大辅开始被欺凌，应该是在 4 月 12 日以后。因为直到那天之前，大辅都是和小学的朋友一起去上学的。4 月 6 日是开学典礼，7 日孩子爸爸的奶奶去世了，我们带他去参加葬礼，所以请假没去学校，翌日 8 日是当月第二个周六，学校放假①，9 日是周日。10 日、11 日，大辅去上学了，上学的第 3 天，也就是 12 日那天，他就遭遇了暴力恐吓。

12 日晚上，我看到他的手背上一大片皮都擦掉了，就问他："怎么弄的？""今天因为很生气，就打了自己房里的置物柜。"他答道。"伤得这么重，很疼吧？什么事让你那么生气啊？"我继续问。他却一直低着头沉默不语，看这样子他肯定是不想说这件事，但我还是又追问了一句："这事让你那么生气呀？"他回答："是的，真让我生气，非常生气。""再怎么生气，你那样做的话，只是让你自己疼啊。"听我这么说完，他就沉默了。因为我也在工作，一般回到家已经 7 点半或 8 点了，于是我问了小儿子。小儿子说那天刚好是哥哥要上辅导班的日子，出门去辅导班之前，哥哥一直待在自己房间里，一步都没有出来。

暴力恐吓的事，小儿子也没说，所以我完全不知道。班主任告诉我时，已经是一周后的 4 月 19 日晚上了。班主任只是打了一通轻

---

① 当时日本公立学校还未实行双休日制度，周日是休息日，另外每月第二、第四个周六是休息日。2002 年 4 月之后，日本的大多数中小学校才开始实行双休日制。

描淡写的电话，告诉我初三的 A 同学和另外一个孩子一起来到我家，大辅一打开门，他们突然就开始殴打他，把家里搜了个遍，翻出 2000 日元拿走了，说是收保护费——但班主任已经让他们把钱还给大辅了。听老师的语气，事情到此已经解决了。

听了这些，那个晚上我根本无法入睡，第二天就去了学校。我说："因为没有提前预约，如果不方便的话我就改日再来，校长也行，教导主任也行，我想和学校的负责人谈谈。"但班主任老师，一名三十二三岁的女老师说："这事由我来处理。"我又说了一遍："无论如何我都想和学校的负责人谈谈，现在不方便的话换个时间也可以。"对方也没去确认校长和教导主任在不在，就对我说："校长和教导主任都非常忙，所以不能见您。"没办法，当时我就只能和班主任老师谈了。

班主任说："殴打池水同学的孩子，我从初二就是他的班主任，一直看着他成长，是个讨人喜欢的孩子。"听了这话我非常愤怒，回了一句："是吗？我家孩子刚刚转学进来，还没过几天，所以还没能讨老师喜欢是吗？"前一天晚上的电话里，班主任说着已经让他们把钱还了，也是这种感觉。

据说殴打大辅的 A 同学，是个有很多问题的孩子。这名女老师当班主任之后，除了大辅，他还殴打过其他孩子一共 7 人。班主任说她正想着，这个孩子升入最高年级后会不会惹出什么事来，就发生了这件事。但她说前一天晚上的电话里已经说了，自己已经让他把钱还给大辅了。她似乎觉得，这样就算把这件事处理好了。

小儿子目睹了整件事的全过程，但那个孩子直到大辅死后，警察来做案件调查的时候，才把事情说了出来。我问他："你为什么当时没有马上告诉妈妈呢?"他回答说,是因为觉得哥哥太可怜了,另外因为太害怕、太恐惧了,所以没敢说出来。

12日和Ａ一起到我家来的另一个孩子,是小儿子在田径部的学长,所以他才会那么恐惧吧。大辅没有加入任何社团,转到这所中学之后不久,突然就遇到了这件事,所以他的情绪就低落下来。他喜欢电脑,之前还想着要加入电脑社团,已经写好了申请书,但直到现在,那份申请书还躺在他的书包里。别说是社团活动了,干什么他都是一副无精打采的样子。

据说大辅只跟一个幼儿园、小学以及现在的辅导班都在一起的朋友说过:"我被人打了,太害怕了,没能反抗。"大辅去世之后,我才从那个孩子那里听说了这些。更详细的情节,大辅没对任何人说过。这件事发生之后,他就变了一个样,经常肚子疼,吃饭也没什么食欲,几乎不怎么说话了,就连最喜欢的家庭游戏机都不玩了,电视也不看了。

孩子爸爸单身赴任①去了,当时不在家。虽然大辅原本就不爱说话,但原来他也会说一些俏皮话的,偶尔还会跟我撒个娇。每周我都会给他掏一次耳朵,剪剪指甲,这种时候,他就很爱撒娇。可就连这些他都不做了。最让我担心的是,他几乎不怎么说话了,我想着这些一定是那次暴力恐吓事件的影响。

"嗨,那边怎么样"开头的追悼书

学校的应对有很大的问题。暴力恐吓事件的次日,孩子们听到,

---

① 员工(多为男性)被公司派往外地甚至外国工作,配偶和孩子留在原来的城市生活。

A在学校得意洋洋地说："我去把那家伙揍了一顿！"这件事在学校里已经传开了，老师却提也不提，不只是没对学生说明发生了什么，也没告诉学生这类事情是绝对不能做的。这些重要的事情老师根本没说过，这也反过来促使流言在孩子们中间传播开来。

之后的事情虽然是我的想象，但我想一定是大家都害怕打人的A，所以也开始跟着骂大辅恶心啊，臭啊之类的。这样一来，即使不想这么做的孩子，也担心如果不跟着一起骂，那下次可能就是自己被打了，所以就逐渐演化成了对大辅的集体无视。A长得很强壮，头发染成茶色，还戴着耳环。据说他的这副打扮是受到姐姐的影响，他姐姐好像是飙车族。

班主任老师也是，很不负责任。看到大辅那么痛苦，我便去了学校，问班主任："大辅的事，您找年级主任或者生活指导老师商量过吗？"她说从来没有找过，只是在走廊里擦身而过时，站住聊过几句话而已。我又追问："那么老师您是如何处理这个问题的呢？"班主任说："我对他说过：'池水同学，一定要尽早适应学校啊。'还问过他：'池水同学，你是不是被欺凌了？'"说来说去，只有这些。其他孩子们也是这么说的。欺凌的事大辅连我都没有告诉，在大家面前被老师那么问，他又怎么可能会说自己受到了欺凌呢？

而且，从大辅的角度来看，老师对他说"一定要尽早适应学校啊"，他会理解为在责怪他没能早日习惯学校，这是他的错。

那之后，据说学校采取的措施是，在全校晨会，也可能是年级晨会上，让被打的孩子和打人的孩子站到大家前面，握手言和。看来，学校还是把这件事当成是打架来处理的。听到这些，我对老师说了："老师，这种事在成人社会中可是犯罪啊！是要闹到警察那里去的!"我还说了:"这不是说一句'对不起,我会还钱的'就能解决的问题。"然后,我语气强硬地说:"你们考虑过孩子的心灵受到多大的伤害吗?"这话在 20 日我去学校时也说了。大概是因为这个吧,21 日或是 22 日那天,学校没有提前联络,就突然跑到我家来谢罪了。教导主任、年级主任,还有学生指导老师和班主任等共 4 名老师,带着打人的孩子和他的妈妈一起来的。那个孩子是单亲家庭,没有父亲。

我下班回来,看到家门口站着我从未见过的一个女人和一个男孩,正想着他们是谁,男孩说:"请问是池水女士吗? 我是 A。学校说让我来道歉,我就来了。"我说:"别站在门口了,进来吧。"然后 4 名老师也一起进了我家。我大吃一惊,因为老师并未提前和我联络过。

因为心疼大辅,我想着如果一开始就嚷着去找警察,那孩子日后再被欺凌就麻烦了,另外,也是考虑到对方孩子的将来,于是我反复说:"我也不想闹到警察那里去,但以后再也不能做这种事了。还有,请老师们务必照顾到大辅心灵的创伤。我作为家长一定会好好照顾的,但是不只是我们家长,请老师们也务必尽力帮助他。因为老师每天都会和学生一起在学校里度过六七个小时,在家长看不到的地方会发生很多事情,所以拜托老师们务必多关照他。"这些话我重复了好几遍,和他们谈了 1 个多小时。可是,在临走前,教导主任当着我的面就说:"太好了,A 同学,能碰到这么和蔼的阿姨。"这话让我非常生气,感觉学校根本没把我们当回事儿。

从那之后,全班对大辅的孤立就开始了。在孩子还活着时,我不知道这些,孩子出事之后,我才发现他的随身听也不见了,钱也被抢走了很多。他说要买参考书跟我要了钱，后来说是钱不够又找我要了一次，用各种理由来从我这里要走了不少钱。

这也是我的推测，我想针对大辅的欺凌已经不仅仅是在班里了。因为他的样子太不寻常了。我对他说："你可以不去上学。"但是他说："我要去的。"于是我问他："那妈妈跟你一起去吧?"他马上就答应道："好啊，可以呀。"当时我还吃了一惊，因为他那个年纪的孩子，和妈妈一起走路都很抗拒，可是他竟然这么痛快就答应了。我想他应该是害怕上学路上会遇到什么麻烦事，于是我就在后面跟着他一起走到学校，这么跟了两次。

当时，走在前面的孩子们不停回头，用很凶恶的目光看大辅。回家之后我问大辅："今天，那些孩子盯着你的目光很可怕，是不是欺负你的孩子?"但大辅沉默不语，我又问："不是你们班的吧?"这次他回答了，说"不是"。所以我想，对大辅的欺凌应该已经蔓延到其他班了。至今，我都无法忘记当时那些孩子的目光。

大河内的自杀事件发生之后，我也和家里的孩子们交流过。我对他们说了："肯定是欺凌者不对。大河内应该也不想死，是不得已的。你们一定不要像他那样选择死亡啊!""大河内是被大家逼死的。"大辅这么说着，哭了起来。那是 5 月初的事。当时我对他说："大河内一定很想求救，但人死了，就无法跟任何人诉说了。死亡，就意味着什么都没有了，所以你可以把所有事都告诉妈妈，不全部告诉我的话，妈妈就无法很好地保护你。妈妈很想保护你。"

但是，大辅还是没说他在学校受到欺凌的事。看了班里孩子们的信，让我很生气的是，有一封信里写了"你就这么轻易地死去了"。孩子在决定要去死之前，反复思考苦恼了多久，他又该是多么痛苦啊！其他的孩子们应该对他们将大辅逼到去死这件事，更认真、更深刻地去反省。

存在这种内容的作文，这说明班里从未探讨过这件事。儿子去世之后，我向班主任请求过："我们之所以还在努力，是因为同样的不幸不能再发生了。如果可以的话，我们也想让这事安静地过去，什么都不用想，但是，我们还有一个孩子，其他因欺凌正在痛苦挣扎的孩子应该也有很多。所以，为了防止这样的事情再次发生，老师也应该和孩子们对这件事进行充分交流吧！班里孩子们写的信里，竟然有'你轻易地死去了'之类的文字，还有人调侃式地写了'嗨，那边怎么样'。已经初三了，同班同学去世之后，竟然写出这种信，简直太过分了。什么时间都可以，请老师一定要和学生们好好探讨一下死亡意味着什么。"

大辅去世后，A 来我家时，我问他："你为什么要做那样的事?"他回答，因为"听我说话的老师一个都没有了"。据他说，以前的教导主任会像亲人一样听他诉说，但现在的老师们，一旦发生什么事儿就说是 A 干的，一定是 A，把什么都往他身上推。所以，我觉得在某种意义上，A 也是学校的受害者。他说，进入新学期之后，一直以来的忍耐超过了极限，他就开始一次次地打人，不分对象，也毫无理由，就是想打人。大辅转学进去不久，他就听到有孩子说大辅"那家伙挺傲慢啊"。所以 A 想着："反正我不做也会有其他孩子欺凌他，因此，那时，我真的是想给大辅当保镖。"于是他才对大辅说："给我拿 2000 日元当保护费。"

学校似乎是将孩子们分了组，交代好谁和谁一起到我家来，一直到头七忌，每天都安排几个孩子到我家来。之后的七七忌时，只来了两个人代表。

有名女生一个人来到我家，对我说："我以前也被欺凌过，好几次都想过去死，所以我很了解，池水同学肯定遭遇了欺凌。"但她还说了，自己从未和大辅说过话，即使看到他被欺凌，恐怕也会加入欺凌者一方。按自己的意志到我家来的，只有她一人。施暴者 A 一共来了 3 次，他也跟我说了很多。

他说："我打了他，也拿了他的钱，但是，骂他恶心、臭的，不只是我一个人。我看到大家一起无视他。"

被选为田径赛选手，在运动会当天走上绝路

我给班主任老师打过好多次电话，拜托她说："我家孩子最近有些异样，请一定留意一下。"我也和校长见面谈过这件事。我想自己已经这么拜托学校了，便相信学校肯定已经尽力应对了，大辅没能重新振奋起来是因为他的心灵太脆弱了吧，我那时一直是这么想的。

尽管如此，我还是觉得有些奇怪，因为学校一次都没有联系过我，告诉我处理的情况。所以 5 月 12 日我又给班主任打了电话，说："大辅的状况还是不太寻常，请老师关注一下他。"结果班主任回答说："我最近一直担心 A 同学的事，没留意到大辅同学。"我又追问："您是说完全没看到大辅的状况吗？"老师回答："是的。"于是我再次拜托她："那就从明天开始也行，请一定留意一下大辅的状况，因为最近他简直变化太大了，和以前完全不一样了。"我这么反复地拜托学校，可是学校连一通电话都没给我打过。

因为小儿子也在同一所中学读初一，所以在拜托学校处理大辅

的事情时，我还是有所顾虑的。考虑到小儿子，担心学校觉得他的家长很麻烦会影响到他，所以我忍着，没有每天给学校打电话催问。

大辅每天都一定会吃早餐，吃完饭后还会嚷着要吃饭后点心，但那段时间他连早餐都不怎么吃了。我们搬家到这里之后不久，他的状态就开始异样起来。明明学校里有他以前的朋友，为什么他不愿意去学校呢？我想一定是在学校里发生了什么事。

大辅一共只请过两天假，分别是5月9日和15日。但是学校却处理成了他完全不上学。在市教育委员会提交给市议会的资料里，写着"完全不去上学"。9日之所以请假，是因为那天学校安排了"一日远游"的活动，去爬山。去山里是挺可怕的，老师也看不过来，不知道会发生什么事，所以大辅肯定是为了躲避，请假没去登山。15日那天他待在自己的房间里，拉上了窗帘，好像是一直蒙着被子在睡觉。

在市议会上，下面这个问题遭到了质疑：学校确定田径赛选手那天，大辅明明请假没去上学，但班主任让学生们用剪刀石头布的方式决定谁去参加，最后竟然定了大辅去参赛。比赛定在5月31日，就是在那天大辅自己走上了绝路。我想，选择在比赛当天死去，这也反映了那个孩子的心态。

大辅非常想要一张CD，所以买了回来，那张CD是美国穷街乐队（Skid Row）的《劣等人种》（Subhuman Race），这首与专辑名同名的重金属摇滚乐歌曲，应该是唱出了大辅的心情吧。他转录到磁带里的只有这一首。那天，他好像也一直在听，歌曲就停在下面这段：

你看我的眼神好像我是劣等人类

你对我说的话好像我是劣等人类

你把我当作劣等人类一样对待

你即将加入劣等人种的行列①

(*Subhuman Race* [Rachel Bolan/Scotti Hill/Dave "Snake" Sabo])

　　小学时和他关系很好的一个孩子，从我们搬过来之后，几乎每天都来家里找他玩，我还想着这样我就放心了。上学也是一起去，虽然那个孩子家离我家有段距离，每天都跑到我家喊着"大辅同学"，两人一起去上学。但是从 13 日开始，那个孩子突然不来了。早上我都会目送大辅出门直到他走远，所以我发现了。后来我才想到，那个孩子一定是知道了暴力恐吓的事，觉得和大辅一起上学太危险了。

　　大辅出事之后，我去过这个孩子家。第一次问时，这个孩子和他的妈妈都很爽快地回答了我的问题。我问他："你为什么不和大辅一起去上学了？"他回答："因为害怕 A，怕他也打我，所以就不敢一起上学了。"第二次，我是给他们家打电话问的。他妈妈的语气完全变了，说"我们无可奉告"，然后咔嚓一下挂了电话。

　　据说学校通过联络网传达了指示，让所有家庭都不要去池水家，什么都不要说。我从 A 的妈妈那里听说"好像联络网都传达遍了"。

―――――――――――

　　① 原书引用大屋尚子译的日文版歌词，此处由日文版译出。日文版译将最后一句的 "you" 译作 "我"，中文参考歌词原文修正。歌词原文如下：You look at me like I'm subhuman/ You talk to me like I'm subhuman/ You're treating me like I'm subhuman/ You're jumping into the subhuman race。

"学校太肮脏了！老师太肮脏了！"

大辅出事后，我依照《信息公开条例》，请求公开学校教员会议的记录，但看完记录之后，我发现会议上根本没讨论任何关键议题。无非是一些无关紧要的事，不要让校长一人出面应对、媒体对策、七七忌时让谁带着花来我家之类的。我非常不理解，发生了这么严重的事件，为什么学校不讨论更重要的事，完全不考虑如何查明事件原因，只讨论这些程式化的应对呀对策呀之类的。明明有比对策更重要的事，却丝毫没有探讨。

校长和我交流过，应该是了解我的心情的。但是，在大辅去世后临时召开的家委会大会上，据说有人发言说："那一家父母二人都工作，一点儿不关心孩子。"校长听了却没有出来为我说一句，没有说"不是的，池水同学的妈妈跟我说过她很担心孩子的状况"。所以，在那时，整个家委会就是一副都是我们家的错、都是我家孩子的错的态度。这是从采访了家委会大会的报社记者那里听说的。

大辅头七的时候，家委会的人也来了，说："比起你们家来，在校生更加痛苦。"我追问："为什么？"他们回答说："因为被媒体追着采访。"的确，被媒体追着采访不是一件令人愉快的事，即便如此，他们会比我们失去了孩子更悲伤、更痛苦吗？家委会和学校已经完全把我们当成了加害者，认为他们自己是受害者。

我们作为家长，至今一直都是信任学校的。但是，学校提交给市教育委员会的资料里，却写了很多胡编乱造的话。比如，写着我在 5 月 17 日说过"校长，大辅没事了"，还有大量与此类似的令人难以置信的捏造出来的话。我一直希望老师首先要从作为一个人的立场发言，然而，实际上我感觉老师们都是作为学校这个组织的一员在说话的。不是作为一个个有人情味的人，而是作为老师所属的组织——学校的代言人。可是他们平时又说得冠冕堂皇，以为自己在做着教育孩子的事情，话说得很漂亮。

那名 A 同学因为其他孩子的事被送交检察院处理了。当时班主任来到我家，气势逼人地说："那个孩子呀，不能让他继续这样下去了。"可之前班主任说的明明是自己从去年就一直看着他成长，说他是个很讨人喜欢的孩子。一决定要把孩子送检，老师就变了脸，把一切都推到 A 身上，一副要把学校里的坏水处理掉的态度。A 本人也来了我家，对学校的这种态度他最是感受深刻，他说："阿姨，学校把全部责任都推到我身上，想让我一人当恶人。"

我听完，还对他说："阿姨也是同样的感觉，和很多老师谈过之后，我也是这种感觉，但这样是不对的。所以你做过的事你就承认，其他没做过的事没必要背负。"然后，他对我控诉道："学校太肮脏了！阿姨，老师太肮脏了！"

学校里真的是权力说了算，而且缺乏常识。我刚刚失去了孩子，痛不欲生，身体状况也很差，就在家休息。但学校的人会在晚上 10 点之后突然来访，有时我甚至只能穿着睡衣出来接待。即便如此，学校来人之前从来不会事先打个电话说一声。来谢罪的那次也是，这么重要的事情，如果事先打电话告诉我们一声的话，我也可以提前一个小时请假，早下班回家来准备。学校，真是一点常识都不懂。

小儿子的班主任也让我很失望。大辅自杀的那天，小儿子的班主任，一名年轻的女老师突然打电话到我工作的地方，说："池水妈妈，听说您家孩子上吊了，生命垂危。""啊！"这突如其来的电话，让我一下子连话都说不出来了。对方又说："信二同学（化名）在学校，我想不是信二同学。"我当时已经顾不上和老师讲电话了，就急忙把电话挂了。这名老师打电话的方式，真是缺乏常识。

还有一名老师，在大辅去世之后，将我家小儿子和大辅对比，说"弟弟比较开朗"。言外之意是不是想说大辅性格比较阴郁，所以才死了？听了这话我很生气，非常非常生气。遭受欺凌而死，不是因为大辅的性格，如果大辅的性格是他被欺凌的原因的话，那早在福冈时他就会被欺凌了。

对遗属只是口头汇报，却给市议会提交了大量资料

在学校究竟发生了什么，至今学校都没告诉我们，所以我申请公开大辅班里的调查问卷。为了大辅，我们无论如何都要了解真相。因为这个问卷调查的相关资料被设置成非公开资料，所以我们提交了异议申请。就在前两天，（1996年）1月11日召开了审查会。但让我们吃惊的是，原以为是由于我们提出了要求查看资料的申请才召开的审查会，竟然是要审查我们提出的申请是否合理。具体为何我们不得而知，那日，审查委员会变成了调停方，告诉我们教育委员会是如何如何说的，问我们"折中一下，你们觉得这么做如何"之类的。简直太奇怪了，至今我仍然觉得无法理解。

学校和教育委员会都太奇怪了。反复用"隐私、隐私"为由隐瞒我们，不让我们看相关资料。但是，大辅的隐私呢？已经被践踏得一塌糊涂了。在所有的地方，针对各种的事情，被说一些、写一

些有的没的。我们只是想了解真相，他们却以"隐私、隐私"为由，什么都不给我们看，什么都不告诉我们。怎么会有如此违背常识、不讲道理的事！

我们并非要查清哪个孩子做了什么或说了什么，不是要查找犯人，而是想知道自己的孩子在学校遭遇了什么，发生了什么，想了解详细的事实真相。说实话，对大辅在学校遭遇到的欺凌，事到如今，我们去一一了解，所见所闻都让我们肝肠寸断，失去孩子已经让我们没有一天不悲伤流泪了……可直到现在，我们还在被学校欺凌。

在学校的应对中，最让我们震惊的是学校的态度，比起身为当事人的我们，学校选择优先把信息告诉第三方。去年（1995 年）的6 月 9 日，校长口头发言，承认学校内发生了如此这般的欺凌，并谢罪了。当时尽管我们心里想着，肯定不止是这些事吧，但还是接受了。不过，我们也再次拜托学校，说真相应该不止于此，希望学校继续调查。

不久之后，我去市议会的文教委员会旁听，发现校方向在场的媒体和议员分发了大量关于此事的资料。我从一位记者那里借了一份复印，发现里面有很多内容，关于欺凌的细节比我们所知道的要详细得多。的确，议员是市民的代表，媒体也很重要，但即便如此，他们也只是第三方。第三方都拿到了内容如此详尽的文书，而我们家长，作为最应该了解真相的当事人，为何却没有收到呢？为什么对我们就只有口头说明呢？这让我百思不解。在审查会上，我也提出了这一点，说这么处理不是太奇怪了吗。委员们回答，议会是议会，他们管不到议会的事。

日本怎么会发生如此有违常理、如此违背正义的事呢？我没能保护好自己的孩子，所以我想大声对陷入困境的孩子们说："学校可以请假，可以不去，学校不是搭上性命也要去的地方，不想去的话就待在家里做些自己喜欢的事吧！"

如果没经历大辅的事，我可能也会认为拒绝上学的孩子们太娇气了，但是，现在我知道，这些孩子其实是非常痛苦的，因为太痛苦，所以才不能去上学的。可是，自说自话的大人们却不允许。针对我家的言论也是如此，那些人完全不了解事实如何，却肆意说着，那家因为夫妻感情不好孩子才自杀的，那家人不关心孩子、完全不管孩子，等等。

大辅小时候生过一场大病。作为父母，当时我们就想只要他能活着就行了。他的爷爷奶奶也是抱着同样的心情将他抚养长大的。确实，他学习不好。尽管如此，大辅也有他自己的想法。初二时，他主动提出来去上辅导班，然后逐渐感受到学习的乐趣，成绩也逐步提高了。他甚至还说过，他的目标是要去美国留学。我也对他说过："妈妈觉得你可以不上日本的高中，就做你喜欢的事吧！"

在当今这个人们能活到 90 岁甚至 100 岁的时代，他不过只有 14 岁，不用大人去决定他应该这么做、应该那么做。大人也不知道孩子身上有什么才能，只要让他们做自己喜欢的事就好了，这样自然就会开花结果的。

Ⅱ

欺凌自杀发生之后……

欺凌自杀发生之后……

　　我走访过好几个孩子因欺凌而自杀的家庭。

　　因为我想更多地了解如何才能发现欺凌，如何才能防止自杀，而我得出的结论是，消除校园欺凌是唯一的办法。

　　有人会把自杀的原因归于孩子太脆弱，理由是以前的孩子被欺凌也没有选择去死。但我想，那是因为过去不存在集体欺凌，这种欺凌会让孩子们痛苦到要走上绝路。过去，总还有人会和被欺凌的孩子打招呼。这个人，可能是班里的朋友，可能是住在附近的朋友，又或者是看到欺凌的附近的大人或老师。

　　然而，现在的欺凌，是被集体彻底孤立。没人理睬，被人忽视。大人们也装作没看到。

　　采访过几个家庭后，我了解到，欺凌并不是遭遇欺凌的家庭的问题，也不是被欺凌的孩子的问题。因为没有注意到孩子被欺凌，家长们十分痛苦。但是，中学阶段的孩子，很少会把在学校发生的事情，尤其是被欺凌的事，坦率地告诉父母。

　　更遑论还有很多人认为被欺凌的一方也有错，只要这种观念还存在，孩子们就会对坦诚说出自己遭遇了欺凌心存抗拒。因为弱才会被欺凌，所以要变强，这种说法最是有问题，这是我通过一系列的采访得到的体会。

我们必须要强调，被欺凌的孩子并没有错。无论有什么样的理由，责任、百倍以上的责任，都在找理由欺凌他人的一方。

家住东京都板桥区的秋叶祐一同学，在遗书中写下"我真是个没骨气的人，是个懦夫"，从附近的公寓跳楼身亡。那天是 1995 年的 7 月 10 日。

我参加了祐一同学二周年忌时举办的追悼集会。事发第三年，老师和同学以及家长们终于聚在一起，共同悼念一名学生之死。而大家能够通过这种形式去思考这件事的意义，是因为祐一的父亲治男先生与母亲美子女士，两年以来坚持不懈、呕心沥血的努力。

祐一生前就读的私立骏台学园高中，与之前发生过欺凌自杀的学校完全相同，不承认欺凌是导致自杀的原因。为了让学校承认这一点，秋叶夫妻二人与校方交涉，向老师呼吁，并多次给家长们写信。

他们这么做并不是为了追究学校的责任，要求赔偿金，而是出于对教育的期许，希望教育不要止于解决一个人的问题，应该要教导学生珍爱生命。

在祐一所在的软式棒球部，学长对低年级学生公然使用暴力。祐一出于恐惧，不敢提交退部申请，一直十分苦恼。秋叶先生也帮儿子想了办法，但祐一觉得自己已经读高中了，想独自解决。苦恼最终导致了他的自杀。据施暴的学长说，他本人在低年级时，也曾被学长施暴。

对暴力的恐惧因人而异。如果不能理解这一点，暴力就不会消失。不要再说因这么点儿事就自杀之类的话，而是考虑如何能对感受力强的孩子所感到的痛苦感同身受。

过了2年，终于有几名老师和家委会的成员下决心组织召开追悼集会。不是由学校以及整个家委会举办，而是由"有志者"举办，这需要勇气。

之所以这么说，是因为家长们难免会考虑自己的孩子还在校读书，一旦做了触怒学校的事，会影响到孩子的成绩。

老师们也是，因为是私立学校，多少会顾虑经营者施加的压力。但是即便如此，在妈妈们的热情和努力下，当日的追悼集会得以成功举办。百名学生每人将一朵桔梗花献到祐一的遗像下，看到这幕，治男先生与美子女士潸然泪下。

他们落泪，或许是因为想到，如果儿子还活着也和眼前的孩子们一样大了，又或许是欣慰同学们终于能够切身思考儿子的死。

有名男生站上台，近乎喊叫地发了言。对此，一位母亲寄来的信中写道："发言的那名男生，是从初中部升上来的本校学生，已经有接近6年的时间都在老师的体罚和辱骂中度过，深受其害的同时他也变得粗暴起来，他只能用这样的方式表达自己。当时他想表达的，应该是'不要死'这句话。"

我很想和那名学生谈一谈，但当时没有时间。后来我在报纸上写了"何不将视野放宽一些"，因为让学生们的视野变得无比狭窄，只盯在眼前的竞争上的，不只是这一所学校。即便如此，发言的那名学生，一定会因为他自己发出的呼喊，而逐渐改变。我想，这就是这次集会的意义所在。为筹备这次集会，母亲们付出的努力，一定会得到回报，对此我深信不疑。

（1997 年）

冷漠杀人

"这不是自杀，是他杀！！"

在遗书中写下如此痛切的呼喊后，福冈县丰前市的初二学生的场大辅选择了自杀。距离事件发生，已过去将近 4 年。只有他一人，从山里的小学升入相距 4 公里的町里的中学。他所毕业的小学是那么小的一所学校。我一直在想，是不是这一点，加剧了欺凌。

我见到大辅同学的父亲孝美先生（当时 46 岁）是在大约 3 年前。他家位于一个称得上是荒村的山里的小村落。我记得他曾叹息道，在这样一个被大自然包围的地方，竟然也存在欺凌啊。

篮球部的学长命令大辅唱校歌，并欧打了他。事件发生后，只有主犯学长的案件材料被送交检察院，学校一直坚称"没注意到有欺凌行为"。孝美先生加强语气说："这可是死了一个人啊！"

关于此事，我写下如上文字（本书第 I 部分第 7 章）。1999 年 2月 9 日《每日新闻》（晨报）"记者之眼"栏目中，报道了事件的后续。据称，对身为加害者的高年级学生及其家人提起赔偿的诉讼，以"和解"告终。

但是，孝美先生说："我不认为事件就此结束了。对方谢罪的内容与以前相同，因此我方的想法并未改变。"他性格沉稳，可以想象除此之外，他没有再多说什么。儿子因欺凌自杀了，无论做什么，恐怕他的情绪都难以平复下来。即便如此，加害者还是未来可期的孩子，也就只能通过和解来解决了吧。我想我能理解他的这种苦恼。

由于上述的这些想法，写这篇文章时，我并未就和解一事再打电话询问孝美先生。让我担心的是事件中出现的"命令大辅唱校歌，并殴打了他"这一点。

我在东京的私立高中的校园欺凌案例中，也听到过类似的内容。受害者同样是被社团的学长欺凌，同样是被迫做了与大辅相同的事。唱校歌变成了欺凌的手段。在欺凌事件中，校歌被用来象征权威、权力和秩序。这与被要求在国旗与国歌下起立，保持行礼姿势，极其相似。

殴打大辅的学长（现年 18 岁）所写的谢罪信的摘要，刊登在《每日新闻》（西部总社版，1999 年 1 月 19 日晨报）上。

"我和大辅同学是在篮球部相识的。'让篮球部变强，赢得比赛'是大家共同的心愿。所以，我们每天都在训练。（我和学弟们）约定好了，如果不参加训练必须要请假。但大辅同学不说明请假理由的次数多了起来。而且，他以身体不适为由请假的时候，我经常看到他在教室里很有活力地来回跑动。"

暴力，被当作以取胜为目标的特训的手段，被正当化；集体私刑，则化身为正义的制裁。而大辅是否撒谎不参加社团训练，还在教室来回跑动，已无法确认。

　　大辅自杀之后，孝美先生曾去质问："殴打大辅，和让篮球部变强有什么关系?"那名学长无言以对。"让篮球部变强，赢得比赛"，只不过是冠冕堂皇的理由。但同时，这也是整个学校的目标。这一点让暴力变得肆无忌惮。

　　学长接着还写道：

　　"学校有低年级学生对高年级学生行礼的习惯，我也是这么被要求的。所以当我升入最高年级后，也理所当然地要求低年级学生行礼。如果大辅同学和我是一对一的话，或许就不会发展成事件了。"

　　为了让社团变强，锻炼低年级学生。为此，学长强迫低年级学生行礼，并对其施暴。这并非一对一，而是集体暴力。

　　大辅在遗书中，除了那个学长，还列出另外 8 人的名字。然而，其他孩子的家长们却说"我家孩子只是在旁边待着""孩子只是碰巧在场"等等，始终只顾为自己的孩子开脱。

　　但是，在孩子被逼自杀的孝美先生来看，这些孩子"虽说没有动手，但也没有制止"，这一点令他难以释怀。旁观者也是共犯。

　　在采访成年人的"过劳自杀"时，我痛感到，一个人被强迫劳动痛苦至死时，周围的人们对他的痛苦十分冷漠。看到正经受痛苦的人，人们也就是冒出一句"最近那个人很奇怪啊"，只是这样冷漠地旁观。

　　如果能感知对方的痛苦，那么就不会对欺凌置之不理。欺凌的共犯是冷漠，或者说，是伪装成冷漠的间接参与。

　　大辅在年级通信里写道："如果大家能理解他人的痛苦就好了。

那样，就能稍微明白，哪些行为是令他人厌恶的，就不会做出那些行为了吧。"如此内心温柔的孩子被逼至自杀。我多么期盼，家长们不要把孩子教育成对旁人的痛苦视而不见的人啊！

（1999 年）

校园欺凌与教师和家长

　　大家如此关注"欺凌"问题，为何欺凌自杀依然存在呢？我想，家有中学生的父母们，恐怕已经陷入不安之中。更有甚者，最近就连小学生的世界里，都开始出现欺凌问题，甚至发生了自杀事件。

　　那么，为何欺凌自杀不会消失呢？倘若被如此问及，我会回答，这是因为世间的父母对欺凌问题太冷漠了。父母基本上都认为自己的孩子没有脆弱到会因欺凌而选择自杀——正如那些已经失去了孩子的父母那样……

　　父母们会认为自己的孩子不是那种会被欺凌的孩子，认为自己的孩子可能有软弱之处，但绝不会自杀。绝大多数的父母都想着，即便存在欺凌，只要我家孩子没被欺凌就可以了。

　　举一个极端的例子，有的家长甚至说："我家孩子不是被欺凌的那种孩子，要欺负也是他欺负别人，所以我很放心"。

　　这些父母观念的共通之处在于，他们都认为，遭遇欺凌的，是那种容易被欺凌的孩子，或者说是懦弱的孩子。而另一方面，大部分老师也都赞同这种"容易被欺凌的孩子"的观点，认为被欺凌的孩子往往存在家庭问题。

因此，父母们想着只要孩子变强就行了，老师也会说教：只要家庭关系处理好，问题一定会解决的。但此时，人们忽视了被欺凌孩子的想法。

埼玉县某个町的町长，在当地的宣传杂志上写道："成为欺凌目标的孩子，往往意志薄弱，缺乏独立自主生活的坚决态度。"该町长还主张，如果被欺凌了就该扑向对方与其打斗。据说，这番言论还受到很多人的赞同。因遭遇欺凌而痛苦挣扎的孩子的想法，又被忽视了。

这简直就像是在说，之所以被欺凌，是被欺凌的孩子自己的责任，懦弱的孩子只能死去，这就是一个弱肉强食的世界。这种卑俗的论调正在杀死孩子们。

被欺凌的孩子没有错，错的是欺凌他人的孩子，这种基于人性的想法的弱化，正是无法消除欺凌自杀的原因。

或者换个角度，也可以说，上述观念与"学习不好的孩子是无用的"这种价值观亦有关联。这是父母们在将自己的价值观强加于孩子。每个孩子，对任何人来说，都是可贵的生命。对陌生人来说也是同样。

作为父母，没有比失去自己的孩子更悲伤的事了。再加上，孩子如果是自杀的话，那就更加悲伤。然而，如今的日本人对被逼自杀的孩子的悲痛及其父母的悲痛，变得十分迟钝。这是因为他们觉得，这些与自己无关。

究其原因，人们即使看到或听说有孩子因欺凌而死，也会认为是那个孩子自身有问题，或是其家庭的问题，从而并不觉得这样的事件难以接受。但走访因欺凌而自杀的孩子的家庭，至少就我采访所知，有问题的并非被欺凌的孩子及其家庭，而是欺凌方。

无论如何都是欺凌方不对，但这些欺负人的孩子也并非都是"坏孩子"。倒不如说，将孩子分为"好孩子"和"坏孩子"，这本身就很有问题。"欺凌团伙"中，并非只有使用暴力的孩子和勒索金钱的孩子。

看似十分普通的孩子，也会默认欺凌，有时甚至会加入其中。可以说，欺凌者一方中，有很多都是老师和家长眼中的"好孩子"。

产生欺凌问题的深层原因就在于此。

欺凌事件中，被报道的只有严重的案例，因此孩子们有时没有意识到，自己的行为对他人而言已经是一种欺凌。欺凌不只是打人踢人。说令对方厌恶的话，做令对方厌恶的事，这些都是欺凌。必须要教育孩子们，这些行为可能会剥夺他人的生命。教育，应该是教人更加了解人性。然而，竟有人声称"懦弱的家伙就去死吧""变强就行了"。教师和家长也只会教孩子"要珍惜生命"。这是很大的罪过。

有比暴力更能伤人的东西，比如语言，比如无视人的态度。想要了解被欺凌的孩子的悲伤，只有与其交谈，去感受他/她的感受。

世间的父母，比起担心自己的孩子被欺凌，更应该去担心自己的孩子是否在欺凌他人。我想，这样欺凌才会消失。

（1997 年）

欺凌与迎合

十几年前，在爱知县，接连发生了几起高中生自杀事件。当时我恰好正在进行《教育工厂的孩子们》（岩波书店）一书的采访工作，因此记忆犹新。我采访时见到的人，基本都在批评教师对学生管理严厉过头了。

欺凌的特征在于，往往欺凌方人数多，而被欺凌方人数少。若说这是理所当然的，的确如此，但这种情况比起多数人被少数人支配，要严重得多。因为被欺凌的人会陷入无人救助的孤独感中，痛苦不堪。而且，周围的人往往认为，是被欺凌的人有什么缺陷。

"有一种类型的孩子容易被欺凌。"

"被欺凌的孩子多半有家庭问题。"

等等这些认识被当作常识，大肆横行。更极端的，还有意见认为"是被欺凌的人有问题"。简直是颠倒是非。

上文曾提到，埼玉县某町町长在当地的宣传杂志上写道："成为欺凌目标的孩子，往往意志薄弱，缺乏独立自主生活的坚决态度。"这可以说是身为自治体的领导人，绝不应该有的言论。因为地方自治体成立的根基就在于，无论多么弱小的人也有生存的权利。町长的意见，是世间卑俗论调的反映。肩负执行宪法义务的町长，不去批评实施欺凌的孩子，反而嘲笑那些被欺凌的孩子，这是绝对不应该的。

关于此事，我应报社的要求，写了以下评论。

"町长的想法从根本上就是错误的。大部分欺凌事件中，性格问题或家庭问题都不是被欺凌的原因，受害者遭遇欺凌的理由并不明确。将这种言论刊登在该町的宣传杂志上，自治体应该被问责。"（《读卖新闻》1997年1月29日）

前几日，我接到一个儿童杂志编辑部的友人打来的电话，说在幼儿园儿童的妈妈中，也弥漫着对自己的孩子是否会遭遇欺凌的担忧。因此他们编辑部计划做一期关于如何防止遭遇欺凌的特辑，来找我商谈。我对那个友人说：

"只要自己的孩子不被欺凌就行了，这种想法是错误的，首先要解决的问题是，如何教育自己的孩子不去欺凌他人。"

世间的父母都想着，只要自己的孩子不被欺凌，那就没问题。与其被欺凌，倒不如成为欺凌者更安全，这应该也是家长们的真心话。

在上越市（新潟县），因欺凌而自杀的伊藤准同学的父亲正浩先生，曾听认识的人说：

"我家孩子没问题，因为他是欺负别人的一方。"

欺凌者的对面，是被欺凌的孩子。那个孩子正痛苦不堪，或许正在考虑自杀。想不到这些，而只想着只要自己的孩子能活下去就行了，但凡这种观念不消除，欺凌就不会消失。

"不要死！"

"请珍惜生命！"

诸如此类的呼吁，究竟是否真的能抵达被欺凌的孩子的内心呢？我对此抱有疑问。

1994 年 11 月，爱知县西尾市的大河内清辉同学因欺凌而自杀的事件发生之后，我在报纸上发表了题为《孩子们啊，不要轻生》的文章。诉说了痛失孩子的父母们的悲伤，呼吁孩子们只要活下去，就一定不会只有痛苦，还会有很多快乐的事。

然而自杀事件仍然接连不断地发生。我想尽可能地去了解选择自杀的孩子们的痛苦，便决定走访遗属。

痛失孩子的父母们，会不停地诉说与孩子有关的各种各样的事情，像在做一个长长的独白（自言自语）。这说明，孩子死后，他们一直在和孩子进行对话。

走访了 12 个家庭，我注意到，他们明明是欺凌事件的受害者，但在当地，不仅没有受到同情，反而是被孤立的。如果一直追查学校发生的欺凌事件的真相，就会被当地嫌弃是个麻烦。

学校似乎认为出现自杀者会损害学校的名声，为了保护学校的名誉，校方希望人们能尽快忘记此类事件。家长们也会提出看法，认为欺凌是不是导致自杀的真正原因尚未可知。

"这次，是我们被欺凌了。"

一名遗属流着泪说道。孩子被逼至自杀之后，这次轮到全家被当地人孤立了。

被欺凌的，经常是少数人。被欺凌而自杀的，更是少之又少。一旦自己所在学校发生的自杀事件成为社会问题，形势就会发生反转，人们会认为是自杀的孩子给自己带来了麻烦。这就是欺凌事件的社会构造。

对遭受欺凌痛苦而死的孩子及其陷入悲伤的父母，周围的人缺乏同情与关怀。甚至，在学校以及所在区域（包括家委会），会渐渐传出这样一种声音："真麻烦""死是因为太懦弱了"，等等。如此议论的人没有认识到，这种说法本身就是一种欺凌。

欺凌是一种反常的行为，通过折磨他人来发泄自己的郁闷。而助推这种行为的，是周围的"迎合"，是不能理解对方痛苦与悲伤的迟钝。

例如，因"葬礼游戏"被广为人知的鹿川裕史同学的自杀事件中，欺凌的表现形式是全班同学集体在彩纸上签名。大家乘兴参与了这场恶作剧，同时，应该也有担心自己不签名就会被欺凌的明哲保身的成分。这是一种对强者的迎合，从中也能看到"全员一致主义"的影响。日本的学校的基本法则，就是这种"大家一起""大家都"的集体行动主义。

更遑论连班主任老师都参与到这场恶作剧中，这是谋求"大家一起和睦相处"的最为悲惨的事例。为了团结班级同学，班主任也加入到恶作剧（欺凌）中，此时的孩子们和老师完全没有看到，被孤立的鹿川的痛苦与悲伤。

全班都能开开心心，但这种开心是建立在一个人的悲伤之上的，没人注意到这一点。

将那张彩纸带回家之后，鹿川陷入深深的绝望，走上了绝路。连老师都参与了欺凌，那么孩子就没有活路了。他说，这"就是'活地狱'啊"。

鹿川的父亲说："实施欺凌的一方，只想着自己所做的只是欺凌的五分之一、十分之一，但是，对被欺凌者来说，那会变成五倍、十倍的压力。"

一点点的参与，就会杀死对方。一点点的欺凌，对实施者而言，没什么精神负担，但是对被欺凌者而言，会进一步加深其被孤立的感觉。迎合就是犯罪。

欺凌事件中，实施方是情绪兴奋、兴致高昂的。那会在周围营造出一种迎合的氛围。最近，欺凌问题不断恶化，与现在的孩子们变得更倾向于迎合他人不无关联。

彼此保持距离不深交的生活方式，是为了保护自己不受伤害，一方面表现为对他人的冷漠，另一方面，因为担心被孤立，会表现为更容易过于迎合他人。

迎合与保身，导致失去了对欺凌的抑制。这也折射出了成人社会的光景。如果真的想要消除欺凌问题，重要的是，大人们要丢弃在公司里以及社会中丑陋的保身与迎合的行为。所谓"生存竞争"，绝不是人类的本能。

如果要求孩子"抵抗欺凌"，那么请大人先做好示范吧！

（1997 年）

欺凌自杀尚未消失

今年（2000 年）6 月中旬，我去了新潟县上越市。该市旧名高田市，以日本最多雪的城市而闻名。在那里，一晚上的降雪达到几米也不罕见。那景象，真是令人难以置信。

高田市与面向日本海的直江津市合并，成为现在的上越市。但车站还顽固地保留着高田与直江津两个站名。沿海岸，有开往佐渡的渡轮。

之所以去这个城市，是因为那里要举办 5 年前因欺凌而自杀的初一学生伊藤准（13 岁）的追悼集会，我是以演讲者的身份被邀请的。

1995 年 11 月，准在自家院里，从练习篮球用的球架的篮筐上垂下绳子上吊自杀了。事件发生后，我曾两次来到这个地方，采访他的父亲正浩先生。

之所以决定去参加这次集会，是因为我在之前写的《那时哪怕说一句话也好》（即本书第 I 部分）中，写到了伊藤家的事。那之后，伊藤先生因不满上越市毫无诚意的应对，以"对防止欺凌的职责有所懈怠"为由，起诉了该市。

准在遗书中写道：

"虽然我在学校还有朋友，但是我觉得他们会让那个朋友也无视我，那太可怕了。活着太可怕了。那些家伙夺走了我的人生。……那些家伙还欺凌了××同学和其他很多人。××等人好像还不明白他们所做的是多么坏的事，所以我要为此牺牲了。"

他用自己的生命对实施欺凌的孩子表达了抗议，控诉欺凌是多么恶劣的行为。但准的这番举动的用意，没能传达给学校和市里，他们只顾着逃避责任。

最近，由少年引发的异乎寻常的犯罪不断发生，因此，媒体对欺凌事件及欺凌自杀等的报道越来越少了。但遗憾的是，欺凌事件和欺凌自杀并没有消失。

甚至，如西铁巴士劫持事件①以及名古屋中学生 5400 万日元恐吓事件②那样，遭受了欺凌的少年，或者犯下难以置信的案件，或者成为极端案件的受害者。可以说，在全日本都存在着欺凌的社会土壤上，与被逼至绝境的少年相关的犯罪接连发生。

成人社会的常识不改变，人们不能意识到问题不在被欺凌的一方而全在欺凌者身上，那么欺凌就不会消失。这便是我的主张。

举例来说，反应迟钝、工作慢就要被开除，只要这类准则还在公司里通行，那么欺凌就不会消失。

---

① 2000 年 5 月 3 日发生于日本佐贺县佐贺市，一名 17 岁的少年持刀劫持长途巴士，导致 1 死 2 伤。该少年初中时遭受严重的欺凌，后考入一所不错的高中，但因无法克服心理障碍，高一开学不久便开始辍学。

② 涉案的十数名少年自 2000 年 4 月起陆续被捕。被捕前不到一年的时间里，他们欺凌一名初中男生，从男生那里敲诈勒索了约 5400 万日元（折合人民币约 270 万元）。

成人社会的欺凌，冠以裁员之名便会被允许，同理，消除孩子世界中的欺凌，是不可能的。只有变强才能活下来，弱者理所当然要被牺牲，体育的世界暂且不论，在一般社会中，这种认识也已成为理所当然的价值观了吗？这是我的疑问。

上越市那日的集会，是由当地的教师、学生家长以及市民运动家们筹备的。栃木县鹿沼市前一年11月因欺凌被逼自杀的臼井丈人同学（15岁）的父亲克治先生也出席了。

丈人自杀之前就拒绝去上学了。他在教室里被脱掉裤子，新买的鞋子被人拿走，遭受了种种欺凌，便不再去上学了。

然而，据说班主任老师明明知道"摔跤游戏"的事，却说那些"不是欺凌"，并未制止施暴的少年们。如果对欺凌行为放任不管，那么实施欺凌的少年就会变本加厉，最后发展为因恐吓、伤害罪被逮捕。那些少年便是如此。

从福岛县须坂市赶来的前岛草良先生也是遗属，他的儿子3年前自杀了。他说，"我不想辜负痛苦而死的儿子的心愿"，于是成立了"因欺凌和校园暴力丧子的父母会"，鼓励受害者的父母们。

从东京八王子市开车赶来参加的桥本隆夫先生，儿子因受到少年暴力团伙恐吓而自杀了。据说因为没能救助自己的孩子，桥本先生一直十分自责。但是，这件事报纸并未报道。这也显示出最近对自杀欺凌的报道越来越少了。

伊藤正浩先生无奈之下选择了诉讼，因为无论是学校还是市里，都为了保护组织，坚决不谢罪。这完全出乎伊藤先生的预料。

在此之前，他一直很信任学校和市里。话说回来，如果没有受到如此恶劣的对待，一般人还是会信任学校和市里的，而且为了自保，也不会背叛他们。

"既然如此，我只能堂堂正正地沿着这条路一直走下去了。"伊藤先生发言道。

（2000 年）

老师，请做个人吧！

现在的学校已病入膏肓

"我决定去死。这不是自杀，是他杀！！"

在自己房间里上吊自杀的的场大辅同学用红色签字笔，在一张张小纸片上写下了最后的呐喊。其父的场孝美先生，把这些纸片平铺在供有佛龛的房间里的桌几上，不停念叨着。

人生在初中就结束了，可怜的我的孩子。

想象着，一直遭受欺凌的，我的孩子的痛苦。

没能早日留意到，没能对他伸出救援之手，身为父母，真是悔恨莫及。

不愿承认存在欺凌的学校，毫不负责。

对实施欺凌的孩子们，我满怀怨恨。

坐立难安。可是又无能为力，实在是痛心。

还有，周围的人在背后说着我们的坏话。

被害者被视为地方的耻辱。"他们拿了补偿金"，诸如此类不着边际的传言四起。想向法院起诉，又害怕因此而被当地人孤立，孝美先生的内心很纠结。

究竟怎么办才好？悲伤和迷茫在他们心中翻滚。这些心绪，化作父母们长长的独白，喷涌而出。

我采访过的欺凌自杀者的父母，几乎都是一旦开了口就停不下来，滔滔不绝地诉说他们的悲伤。

对父母而言，没有比白发人送黑发人更悲痛的事了。更何况，孩子还是自杀的。而且，即使查明加害者是谁，倘若对方是孩子的同学，那真的是毫无办法。

迄今为止，我已经走访了 12 个家庭，倾听遗属的控诉。这些父母压抑着内心的痛苦，积极协助我的采访工作。他们之所以这么做，是希望不要再有孩子因遭遇欺凌而自杀了。

"儿子死之前，我一直十分信任学校。"

这句话饱含着对学校深深的绝望。学校是不值得信任的，这是 12 个家庭的共识。

我偶然见到了几名自杀者的班主任，他们只是一味强调自己"没注意到发生了欺凌"。教师是学校这个组织的一员，是墙壁，是石头，是决不会表露出人类的感情的。

教师对欺凌现象视而不见，这是一种选择抛弃弱者的自保之策；他们想要尽快忘记自杀者，这是学校这个组织的逻辑，也是只关心活着的人的逻辑。

"老师，请做个人吧！"

来自遗属的这种呼声，是从根本上进行的控诉，希望老师能作为一个人，去面对孩子的死亡。

"我想报仇。"

的场先生说。他说的报仇，并不是指要报复加害者。他认为消除校园欺凌，是唯一一种祭奠死去的孩子的方式。其他很多遗属也提到了"祭奠"。其中，有的遗属为挽回孩子的名誉，制作了大量的文件，坚持不懈地寄给学校和学生家长。

只有从心底里真正面对这些父母的悲痛，学校才能重生。

各个学校对于"欺凌"的应对方式，简直像是一个模子里刻出来的一样，非常程式化。首先，否认"存在欺凌"。为此，遗属不得已，只能公开孩子的遗书。这既是对学校践踏孩子遗志的愤怒，也是为了挽回孩子的名誉。

即使有孩子的遗书，学校下一步又会提出受害者自身性格有问题，或是存在"家庭问题"，以此作为挡箭牌。总之，学校不会承认这是学校的问题，更不会在此基础上探寻艰难的解决之路。他们优先考虑的是"学校的名誉"，是校长和老师们个人如何明哲保身。令人匪夷所思的是，他们不会从身为一个人的立场去面对欺凌事件。若想要逃避，可选的道路有无数条，所以他们才总觉得事不关己。

听着父母们的含泪控诉，我痛感学校已病入膏肓。校园欺凌，确实可以说也是社会的问题，但既然发生在学校的体制之内，那么在学校系统中就一定有其发生的原因。学校里存在的焦虑情绪，集中发泄到某一名学生身上，他被要求忍耐，这也是一种欺凌。欺凌看似违背了学校秩序，但实际上，它有时恰恰是学校秩序在学生们中的缩影。老师们选择对欺凌视而不见，就是他们在学校这一集体中所采取的保身之策的直接反映。

因欺凌而自杀的孩子的父母，是学校教育的受害者。从他们所处的最底层看到的学校的姿态，已经淋漓尽致地呈现在这本书里。欺凌自杀，只发生一起已是事态严重，而今却不绝于世。

事件发生后，校长和教师们的狼狈、隐瞒和突然翻脸，实在是丑陋不堪。学校在孩子们面前，展示了最反教育式的应对。表里不一、满口谎言的学校，只有彻底死去一次，然后才能再获新生。

学校对家长隐瞒欺凌的真相，是因为害怕家长提起诉讼。不是坦率地承认自己的过错，而是即使与受害者父母敌对，也要保护自己，这恰恰证明学校已不是人的集体，它已经彻底沦为一个行政机关。

学校向教育委员会提交的"事故报告书"，受害者父母要基于《信息公开条例》申请之后才能够看到。家长好不容易拿到手的，是已经经过检视，到处被涂黑的报告书。在家长看来，这是对自己孩子的又一次抹杀，也是反映现代教育之黑暗的典型事例。如果不相信学生家长，教育工作又将如何完成呢？

公开、自主，是民主主义的根本，但欺凌自杀的深渊中存在着的，是日本教育的非民主主义的姿态。

名为"不要死"的宣传活动意味着什么

福冈的一位教师在给我的信中这样写道：

"现在，福冈的事态很严重。媒体和行政机构以及管理人员共同开展了'不要死''不要急着去死''坚强点'等宣传活动。某学校提出了'STOP·THE·自杀'这种空泛无效的方案，县教委还将这一方案下发至县内各处。这些宣传活动高喊着'请珍惜生命'，简直就像在说，选择自杀的孩子是在轻视生命。"

教育委员会和学校宣传"不要死"，是在逃避责任。不去探究原因，只禁止结果，是一种简单粗暴的行政化应对。这很容易演变为对被欺凌的孩子和自杀的孩子的指责。

将经常引发欺凌的孩子们分级、抹杀少数意见、死板的教育、集体主义、全员一致主义，对这些问题视而不见，制定形式上的欺凌对策和欺凌预防措施，这只不过是为教育委员会准备的不在场证明，是他们的自我保全，是将问题的核心偷换概念。

欺凌自杀事件频频发生，说明孩子的世界已经残酷无情到让他们想去死的地步了。要求孩子战胜集体对个人的"无视"，这是一种强者逻辑。而要想解决欺凌问题，我们只能站在被欺凌的孩子的视角来思考。

大人必须反复告诉孩子，欺凌是人类最卑怯的行为，是最可耻的行为。必须要培养孩子们的想象力，使他们能够理解被欺凌的孩子的感受。

·站在对方的立场思考。

·为理解对方，耐心倾听。

·想象对方的痛苦和悲伤，做自己力所能及的事。

培养孩子养成这些习惯，这才是人性教育吧。

首先，学校必须做出改变。以管理的名义，强制规定孩子们的一举一动，这是军队制度的残留，只能培养出机械化的预备军。害怕孩子们自由，是教师没有自信的表现。

学校是表面社会①。将学校视为神圣的场所，这是战时②教育的残渣；而强加于教师身上的"圣职者意识"，则是《教育敕语》③的延伸。允许体罚就是证明。

"学校里不能有欺凌"这种表面上的原则，使得学校即使发现欺凌也会去隐瞒。不是以存在欺凌为前提，积极考虑应该如何解决，而是不承认存在欺凌，掩盖真相，这简直就像是对癌细胞增殖视而不见、自欺欺人的行为一样。即使出现因欺凌而自杀的人，学校也会否认说"自杀原因不是欺凌"；一旦出现遗书，便会辩解说"没有注意到存在欺凌"。

欺凌，是多数人对少数人、强权者对弱势群体在肉体上或精神上的欺压，是一种犯罪行为。对于受害者来说，不存在"没什么大不了的欺凌"。无论是怎样的欺凌，都是践踏人类尊严的暴力行为。骚扰，是对受害者的非人性对待，同时也会破坏加害者的人性。这与对女性或对员工进行骚扰（harassment）是犯罪行为同理。

令孩子和家长都感到绝望的学校

在采访因欺凌而自杀的 12 个孩子的父母时，最打动我的，是父母想要了解将孩子逼至自杀的欺凌真实情况的强烈愿望，即他们迫切地想要知道当时自己孩子所处的状况和内心世界。这绝不是为了

---

① 此处的"表面"与"真心"相对应，即隐藏真实想法，以符合社会规范和他人期待的方式生存的社会。

② 指第二次世界大战时期。

③ 1890 年，日本以明治天皇的名义发布的教育基本方针。提出了以儒教道德和"忠君爱国"为中心的国民道德大纲，通过学校教育贯彻到国民中，成为天皇制的精神、道德的支柱，于 1948 年废除。

追究加害者和学校的责任，而是对自己孩子的爱的表现，也是对早逝孩子的怜悯，是身为父母的责任感所发出的深切呼喊。父母们无时无刻不在思考，不断反思孩子的死。然而，学校却只是逃避。

"想了解更多，想理解更多。"

阻挡父母们这合乎情理的人性诉求的，是学校。

学校化身成被混凝土包围着的组织，背离人心，化身为一种无机物的制度，敌对于家长。各个学校的表现近乎完全一致。

我已多次写过，"学校已然变成一个密室"。不过，我还从未站在失去孩子的家长的视角审视过学校。将孩子们逼至自杀的，是学校的墙。学校未能接受并分担孩子们的痛苦。对学校感到绝望的孩子们，选择了死亡。之后，经历了孩子自杀的家长们，也对学校绝望了。学校隐瞒了欺凌的真实情况，自始至终都在逃避责任，只顾保全自己。

双重的绝望围绕在欺凌事件前后。首先是孩子绝望，之后是父母绝望。这就是日本教育的现状。对于父母而言，起诉孩子生前就读的学校，尤其是已故孩子的弟弟妹妹现在正就读的学校，是最为困难的。即便如此，父母依然决定起诉，因为只有起诉才能查清学校里的真相。接下来，就轮到父母被所在地区孤立了。我还认识到一个严肃的事实，那就是，无论是成为欺凌者还是被欺凌者，都绝对不是性格问题导致的。某一天，欺凌突然就开始了，不知道下一个会轮到谁。这是现代社会的不合理，令人恐惧。

被欺凌的，都是非常普通的孩子。而孩子们一般都不想跟父母说自己被欺凌的事，因为他们恰好处于自我意识变强的时期。然后，老师装作没注意到欺凌。现在，仍有无数孩子在实施着欺凌，或者在被欺凌，而家长却全然没有注意到。

欺凌是集体实施的。孩子们最害怕被集体排斥而沦为少数派。排除少数派、猎捕异端者，迎合强者，这些都是成人社会的缩影。

只有身处现场的教师能够理解被欺凌学生的痛苦，才有可能解决欺凌问题。这种痛苦只能靠人类的想象力去感受。老师们啊，你们能不顾虑校长和同事，坚定地站在被欺凌的孩子们这一边吗？

学校只谈形式上的"对策""处理""应对"，而不能接受孩子们以如此悲惨的方式发出的控诉，是对自己提出的批判。这令因欺凌而死的孩子们的家长感到绝望。不要再隐瞒事实、视而不见、四处逃避了，学校当前首先应该做的，是敞开心胸，谦虚地倾听孩子和家长的声音吧。

东京都町田市卧轨自杀的初二女生的父亲前田功先生，做出如下控诉。希望大家不要觉得与己无关而置之不理，请倾听绝不应发生的事件发生之后，目睹了老师们的各种姿态的一名父亲的心声。

晶子因为没有迎合小流氓团伙的统治者，而饱受这个统治者以及对其趋炎附势的喽啰们的欺凌，不堪痛苦而结束了自己的生命。哪怕没有导致自杀，发生的是程度接近的欺凌，至今为止，几乎所有父母都不会违抗老师，被老师敷衍了过去，即使察觉到老师在敷衍，也不得不保持沉默。但是，我们必须呼吁：不要容忍老师们的那些践踏我们想要了解真相的心情的种种行为。

老师这群人一直安于统治者的位置，所作所为至今从未被人指责过。他们对迎合自己的人，会夸奖"这些听话的家伙，来领赏吧"，给予他们各种各样的好处；而对那些反抗自己的人、不按自己想法行事的人，会叱责"这些怠慢的家伙，要彻底收拾一下"。这都是他们所掌握的常规操作。

学校原本的职责，是培养学生既要重视自己的人权，也要重视他人的人权。但是，在老师们的权力统治下，学校反而变成了领会"统治与服从"的场所。

（《母与子》临时增刊号，1995 年 2 月）

学校至上主义的陷阱

日本政府和产业界一直打着赶超欧美的口号，高举加强国际竞争力的旗子。团结一致共同对外，强迫内部紧张起来，这种方法，同战时无异。可以说，战时日军的"打败仇敌"的精神一直支配着大型企业。

企业内部的竞争十分激烈，模仿企业社会建立起来的学校，也奉行着竞争至上主义。与企业一样，学校也是一个不认可少数意见的统一社会。提倡"学校整体""学校名誉""团结一致"。孩子们不过是达成这一目的的工具，个人得不到尊重。关于企业与学校的这种关系，我曾对报社记者如是说——

否定个性，滋生欺凌

效率至上，泯灭人性

关于西尾市初中生大河内清辉同学的欺凌事件，去年

（1994 年）12 月 15 日，本报刊登的投稿《孩子们啊，不要轻生》，引起巨大反响。

看完那篇自杀报道，我瞬间觉得这与爱知县的管理教育的影响难脱干系。我曾采访爱知县与千叶县的教育现场，写下《教育工厂的孩子们》一书，指出学校在施行与工厂的劳务管理相同的教育。那已是 10 年前的事了。当时，我在其他县提及爱知和千叶的教育时，当地的老师们还满不在乎地说："我们这里还好。"然而，该书出版两三年后，爱知和千叶的教育模式就在全国普及开来，直至今日，仍然留存于日本各地的学校管理教育中。

——为何会迅速普及呢？

严格校规、在校门等处检查校服，作为规范学生行为举止的方法，这一套在全国得到普及。因为操作性强，很快便得到推广。但这种方法虽有助于管控根源，却无法照顾到落后的学生。

——有声音指摘管理教育与丰田和三河①有关。

嗯。丰田方式是当今日本工厂劳务管理的典型，不仅在丰田使用，还被推广到全国。简而言之，那是一种为达到提升利润的目的，减少浪费，最大化使用工厂内劳动力的体制。

这种方式的盛行，会导致异己者被视为阻碍。学校也会受到所在地区的影响，应该多少有些关联。以前，曾发生过初中生杀害流浪汉的案件，那也是在排除异己者吧。

---

① 丰田即丰田汽车公司，该公司大部分工厂集中在爱知县三河地区。

——日本学校存在特殊性吗？

学校会教育学生，最好全员一致，提倡为了达到某个目标最好一致团结合作。强制性要求全员一致，这在欧美国家看来很不可思议。因为在欧美，个人提出各自不同的主张，是理所当然的。而在日本，学校正在互相消除个性。健全人和残障者的问题也是如此，大家互相认可彼此的不同，共同生活在一起，这才是社会原本该有的模样。然而，如今，排除异己的想法非常强烈。校园欺凌也是这种成人世界的反映。

——有人认为没有必要强制孩子去学校。

全日本的孩子和他们的父母、家人，都有一种恐惧，担心不从学校毕业就无法迈上人生之路。学校占据了孩子世界的全部，这就是"学校至上主义"。以前学校最多占据孩子世界的一半，剩下的一半用来玩耍。

现在其实没必要这样，如果不想去学校的话，就可以请几天假。以前所谓的"姑且·无奈老师"① 的时期，尚有各种不同风格的老师，比较有趣。但是现在只有认真学习的人才能当老师，他们自然无法理解少数与众不同的孩子的想法。

——有什么解决办法吗？

需要建立一个包容的社会，认可所有人的价值，即便迟钝，即便成绩不好也没关系，各种不同的人共同生活在一起。但是，现在是一个只认可学习价值的时代。学校里和地

---

① 二战后至经济高速发展期（20 世纪 50 年代至 70 年代左右），日本各地教师匮乏，扩大招聘教师，教师一度成为门槛很低的职业。此处所说的"姑且·无奈老师"（**デモ·シカ**教师）是对没其他想做的工作"姑且"当了老师，或者干不了其他的，"无奈"当了老师的这部分人的蔑称。

方上都不存在大家一起生活下去的共生思想。这便是整个社会都转而追求效率的结果。一旦掉队就麻烦了，就这样强迫不愿意去学校的孩子去上学。这个世上大概没有其他像日本这样高效的社会了。日本国铁拆分及民营化时，全国约有上百人自杀。效率化一边倒使得人性都被泯灭了。这种人性泯灭，如果没影响到孩子们的世界就好了。

——文部省提出发展个性、宽松教育……

日本教育中最不可思议的一点是，即使文部省颁布政策，也很难改变教育现状。这是因为校长控制着整个学校。不换掉校长，教育一线就不会有所改观。

——听说你在初中作了演讲？

埼玉县的一所初中希望我面向初二学生及其家长作一场演讲。我当时演讲的主要内容是，今后孩子数量会不断减少，上大学就变得容易多了。直至初中阶段，都可以做自己喜欢的事，上了大学之后再学习也完全来得及。而且越是大企业，裁员越厉害，即使进入一流企业也不能高枕无忧。因此，现在热衷于自己喜欢的事，将来更会大有可为。演讲结束，临走之际，还有学生来跟我握手。

——之后又出现了自杀者……

学校是典型的表面社会，不说真心话。孩子是很敏感的，对不说人话的学校无法信任。而且，现在整个社会都不怎么倾听他人的声音了。这个效率至上、人际关系剑拔弩张的社会中，在最脆弱的地方，发生了欺凌，不是吗？实施欺凌的孩子，从某种意义上来说，也是牺牲者。

为了防止欺凌，是不是反而加强了对孩子们的监视？这一点令我十分担忧。

（文字整理：井上隆生，《朝日新闻》晚报，

1995 年 1 月 28 日，名古屋总社版）

能谦虚地倾听他人的意见和诉求的，这种温和的人际关系如何才能构建起来？这是当前必须思考的问题。我相信，缓和孩子之间、孩子与父母之间、父母与老师之间以及老师之间的关系，是防止欺凌和自杀的方法之一。

（1996 年）

出处一览

Ⅰ　痛失孩子的父母们如是说

全文出自『せめてあのとき一言でも――いじめ自殺した子ど
もの親は訴える――』（草思社，1996 年）

Ⅱ　欺凌自杀发生之后……

欺凌自杀发生之后……　『ひとを大事にしない日本』（小学馆，
　　　　　　　　　　　　2002 年）

冷漠杀人　　　　　　　『自立する家族』（淡交社，2001 年）

校园欺凌与教师和家长　『ひとを大事にしない日本』

欺凌与迎合　　　　　　『ひとを大事にしない日本』

欺凌自杀尚未消失　　　『自立する家族』

老师，请做个人吧！　　『せめてあのとき一言でも』

本书在『せめてあのとき一言でも――いじめ自殺した子ど
もの親は訴える――』（草思社，1996 年）基础上重新编辑而成。

IJIME JISATSU，JUNI NIN NO OYA NO SHOGEN

By Satoshi Kamata

© 2007 by Satoshi Kamata

Originally published in 2007 by Iwanami Shoten，Publishers，Tokyo.

This simplified Chinese edition published 2023

by Shanghai Translation Publishing House，Shanghai

by arrangement with Iwanami Shoten，Publishers，Tokyo.

图字：09 - 2021 - 786 号

图书在版编目（CIP）数据

欺凌自杀 /（日）镰田慧著；吴松梅译. — 上海：
上海译文出版社，2023.6
（译文纪实）
ISBN 978 - 7 - 5327 - 9189 - 7

Ⅰ.①欺… Ⅱ.①镰…②吴… Ⅲ.①纪实文学-作
品集-日本-现代 Ⅳ.①I313.55

中国国家版本馆 CIP 数据核字（2023）第 073312 号

欺凌自杀

［日］镰田慧/著 吴松梅/译
责任编辑/常剑心 装帧设计/邵旻 观止堂_ 未氓

上海译文出版社有限公司出版、发行
网址：www. yiwen. com. cn
201101 上海市闵行区号景路 159 弄 B 座
启东市人民印刷有限公司印刷

开本 890×1240 1/32 印张 8 插页 2 字数 134,000
2023 年 6 月第 1 版 2023 年 6 月第 1 次印刷
印数：0,001—8,000 册

ISBN 978 - 7 - 5327 - 9189 - 7/I・5719
定价：48.00 元